鄉港人在日本

目錄

● 序・一 ＃沙米 ⋯⋯⋯⋯⋯ 3

● 序・二 ＃阿希 ⋯⋯⋯⋯⋯ 4

● 從四國到東京 與日本結下不解緣 ＃米克 ⋯⋯⋯⋯⋯ 5

● 與鳥取結上了不解之緣 ＃Pinky ⋯⋯⋯⋯⋯ 33

● 在名古屋生活多年，仍戒不掉的它的溫柔與靜謐 ＃Erica ⋯⋯⋯⋯⋯ 65

● 把旅行目的地變成家 從大城市跳入農村 ＃Eummie ⋯⋯⋯⋯⋯ 85

● 回到「鄉下」 從「鄉下」出發 ＃Ken San ⋯⋯⋯⋯⋯ 101

● 飄洋過海來見妳，自此妳的家鄉便成我家 ＃Nickel ⋯⋯⋯⋯⋯ 121

● 實用資料 ⋯⋯⋯⋯⋯ 137

2

序‧一

喜歡日本的人，
　　總是給她某種東西迷住，
　　　著迷得會有種很嚮往去生活的想法，
　　　　我自己也不例外。

這十年因為日本，我認識了不少朋友，今天成為了這本書裡的主角之一。他們的故事，讓很多猶豫要不要走出 comfort zone 的人可以有更多參考的地方。

許會碰上釘子，讓人氣餒。

我沒有刻意的去尋找某一類型的朋友來訪問，但碰巧所有人都很喜愛日本，因此決定去一個自己喜歡的地方生活。這除了是愛，還有勇氣，因為你必須放下香港的種種，家人和朋友都要暫且放下。

這本書能在這麼短的時間完成，實有賴以下各個日本機構和一班朋友仗義的幫忙：

鳥取縣觀光交流局、（一社）長崎縣觀光聯盟、長崎縣文化觀光國際部、國際觀光振興室、米克、

Eunmie & Ito san、Ken San、Pinky、Tracy、Lily。

我試過因為要採訪，住在一個小公寓裡一個多月，過著日本人的生活，我要知道想洗衣頭便要十點前完成，不然會騷擾到鄰里；我要做簡單的垃圾分類，住在 apartment 雖不用仔細分類，但也要把膠樽和鋁罐分開處理，每星期只有一天可以掉這些東西。

這些事在香港未必需要做，但當你要成為那裡的人，必須徹底地認識那裡的文化，把自己在香港的一切通通都忘記，那怕我只是住上一個多月的日子。融入一個地方生活，跟旅行是兩碼子的事，但生活或旅行是快樂天天的過，

二零二一年六月十五日

沙米

序 · 二

想念日本嗎？

　　我也想念。

阿希

由於疫情的關係，已經將近兩年多沒有去過日本了，應該說是沒有再出國了。這種時候就巴不得自己能夠住在日本。只是在寫完這本書以後，漸漸有點打消了這念頭，為甚麼呢？因為他們都告訴我，旅行日本時所見所聞所感，跟真正居住在那裡時的都截然不同，遠比你想像中的美好總差了一點點。只是，儘管與想像差之

甚遠，但是書中的受訪者都總有一個又一個原因，選擇毅然留下，繼而深入了解，甚至重新愛上它。

到底，這個地方有著怎樣的致命吸引力呢？這書尤其推薦給以後打算移居日本的朋友。

看吧，看完你就懂了。

從四國到東京 與日本結下不解緣

米克

Mike，「米克在日本」專頁的版主，曾任知名網上旅行社市場推廣專員，專職負責推廣旅遊及景點相關產品。2018年以 Working Holiday 身份前往日本，從四國開展他在日本浪遊的生活。工作假期過後，現繼續在東京生活，開始了家庭主婦的儲積分享折扣的習慣。

Facebook 專頁：米克在日本
網頁：https://maikudaily.com
IG：www.instagram.com/maikudaily

關鍵字解讀

#四國

四國在古書《古事記》中名為「伊予之二名島」，在《日本書紀》中名為「伊予二名洲」，是國誕生神話中第二個或第三個出現的島嶼。因此走到四國的街上，常常都會看到「伊予」這兩個字。日本實施律令制時期（大約公元7世紀後），其分屬南海道中的讚岐國、阿波國、土佐國、伊予國，故而得名「四國」。

四國是日本四大本土島嶼之一，位於九州東北、本州西南方，居於日本國土的西部偏中處。全島面積約有一萬八千多平方公里，是日本本土四島中面積最小的一個。

在行政區劃上劃分為香川、德島、高知、愛媛等四縣，各縣也有其風土人情，縣民性格也略有不同。例如德島與香川縣的人喜歡存錢；高知人喜歡喝酒；愛媛縣的人是溫和樂天派。

©Sammie Leung

#四國遍路

翻開關於四國旅遊的書籍，或者相關網頁，都不難看到「四國遍路」這四個字。「四國遍路」是指巡拜四國八十八箇所的路線，四國八十八箇所是對日本四國島境內八十八處的靈場的合稱（「靈場」意思是「寺院」），因此有也「四國靈場」的稱呼。

在平安時代，許多修行僧巡遊弘法大師的足跡，逐漸形成「四國遍路」的原型，江戶時代「四國遍路」的概念成立，巡禮者也不再只限於僧侶。

©Ehime Prefecture/©JNTO

#工作假期

由各地政府為青年人提供親身在外地生活及工作經驗的機會，讓他們擴闊其視野，日本是其中一個和香港簽訂工作假期計劃的雙邊安排協議。在工作假期計劃下，參加者可以在當地逗留一段長時間，並可在逗留期間從事短期工作，及／或修讀短期課程，從而了解當地的文化及社會發展。日本每年有一千五百個名額，可以逗留十二個月。

詳情：www.hk.emb-japan.go.jp/itpr_en/working_holiday.html

#東京

東京都是日本的首都，總面積為2,187平方公里，包括23個區、26個市、5個町和8個村，並與周邊的千葉縣、神奈川縣、埼玉縣等構成「首都圈」。

因此，有時我們聽到「東京23區」，也是一般「東京」所覆蓋之範圍。另俗稱為都內，有時我們又會聽到「東京心」。區域包含千代田區（東京站）、秋葉原、神保町都屬於這一區）、中央區（日本經濟、信息、商業等的中心，包括銀座、築地、日本橋）、港區（六本木、台場、東京鐵塔）、新宿區、澀谷區等五區，其中前三個地方是傳統中最為核心的區域。

回香港最想做的事……

「應該會去約朋友食雞煲、打邊爐，一定要有響鈴，因為在日本買不到響鈴。」

－米克

要離開 comfort zone 不容易，特別是身處於香港這個五光十色的大都市，處處充滿機遇。Mike 以前在一家知名的網上旅行社工作，那家公司雖然很年輕，但在短短的時間內，在世界各地廣開分社，在這種地方工作，或者前途無可限量。Mike 在 2018 年，決定離開這個 comfort zone，申請了 working holiday VISA，踏上他的日本旅程，選擇了在一個很冷門的地方－四國，開始他的新生活。

29+1 前的最後一個機會

日本的工作假期簽證，為年輕人而設，所以年齡期限在 30 歲，過了 30 歲便不能再申請。Mike 希望趁及在自己 28 歲時，申請這個簽證往日本，再過多兩年便不合資格。這個簽證也不容易，需要向日本政府交待這一年的計劃，長篇大論也要花時間去籌備。最終，Mike 還是成功出發了。

日本有 47 個縣，要去那裡也讓人有點頭痛，說起工作機會，大阪、東京、名古屋或福岡，或許是大家的首選。不過許多人都忽略了簽證本身除了「Working」，也有「Holiday」，許多人第一時間想起工作，但這種簽證是希望年輕人可以邊放假邊工作賺取旅費，而不是把大部份時間用來工作。

Mike 在出發前一個半月才離職，心想有一個半月的時候去計劃初期的行程應該足夠，往後的日子便見步行步，來個「即興」的旅行，一邊走一邊改行程，然後找個儲物櫃放下行李，再走他的「四國遍路」。但是，幻想太多，以為一切都是美好。因為低估了在日本生活的大小事項，或者說他把重點都放在旅程上，而不是生活瑣事上。由於入境時便要提供住址，而申請當地的手機號碼和銀行戶口，也需要有地址的。不過許多人的首選，他只好先租住便宜的 share house，待四國旅程完成後，再去找目的地。Mike 的第一個房子，Mike 選擇了「四國遍路」，希望可以走一次「四國遍路」，這是一種修行的活動，走遍四國裡的八十八

所與弘法大師有關的寺廟。雖然有點大失預算，但總算處理了當前的事，行程可以如期出發。

至於那家sharehouse叫「The Bridge」，是一間很特別的sharehouse，是一個當地的義工組負責人的分租公寓，負責人主要帶外國人在當地做義工和一些國際交流活動，如果你是working holiday去幫手做義工的話，可以提供免費住宿。不過當時Mike要花時間在四國過路的旅程上，因此他要付大概3萬日圓月租去租住。他一共租了2個月。Mike入住的是多人間（Dormitory Room），他佔半房，用和室隔板分開兩邊，有時入住的是日本大學生，也會有退休人士，因為租金太便宜。每間房都有獨立的浴室和廁所，亦有公共活動空間，大家有時會在公共空間一起煮食聊天，友誼也由那裡開設建立，甚至負責人有朋友為了練習英語而走過來一起聊天。

Mike在德島處理好手機、銀行帳戶等等學生事宜之後，他開展他的45日徒步四國過路之旅。之後他在長野深山的民宿打工兩個月，最後決定留在比較多發展機會的東京。

東京尋機會
現實與想像的差距

來到東京的 Mike，他選擇在下北沢這個地方落腳，從前他每次來東京，都會來這裡的古著店與咖啡店，一來他很喜歡這一區，二來這一帶的生活機能不錯，各種生活所需如超市、餐廳、生活雜貨等等都一應俱全，住宅區又好安靜，是靜中帶旺的地區。再加上，下北沢有小田急電鐵，往新宿和渋谷都好方便，所以他二話不說便選擇了在這裡居住。

在日本待了一段時間，究竟 Mike 相像中的日本和他看到真正的日本，有沒有落差？

他說：「我覺得其實分別不大！」很多人或許會覺得，日本人很排外，可能文化差異會很大，也許身在東京這個大都市，這裡的人或多或少接觸外國世界比較多，自然對於外國人也沒有很抗拒。Mike 認為無論去到哪一個國家，都一樣會碰上文化差異的問題，最重要的是你自己要先放下「成見」，出發前做好準備，放開你的心，與當地人融合，適應他們的文化，這樣在哪裡生活也沒有太大問題。他笑說，最不習慣的是買東西不能退稅，也需要自己一個人處理生活的大小事。

他笑言還會學日本的女士們，有儲積分「慳錢」的習慣，日本人很會利用儲積分的計劃來留住客人，提供很多吸引人優惠，連他這個在香港不會儲積分的人，也加入他們的大軍。

說起儲積分，Mike 分享了他的習慣，他說日本有很多住宿、便利店、店舖、剪髮等其實都屬於同一集團，他們如果有提供儲分會員制度，大家業務共通，便很容易在生活上儲到了分數，然後再去換其他商品。

Mike 說：「我試過利用儲積分換到住宿房間，也試過換吹風機、日本米和和牛，更有一次換了剪頭髮的服務。」這些換領商品大多都是生活所需，因此很吸引大家去儲分。在儲分的過程裡，Mike 又有自己的攻略，例如專門選有雙倍積分或者回贈的商品或住宿，盡量用電子消費，又會多留意哪些東西會有積分回贈，看似很「女人」的習慣，但其實因為換取的商品都是很實際的東西，所以對任何人都有很大的吸引力。

確實，離鄉別井，不如先放下自己過往的一切，既然是重新開始，便當成是一個新的旅程，重新感受一次這個地方。

工作路上 遇上好人好同事

Mike當初決定在東京留下來，是因為這裡機會比較多，特別以他想做的行業，旅遊和廣告媒體的工種，在日本的機會確實也比香港多。這也是因為，為什麼工作假期多會同時兼顧家庭和工作，大家都講求彈性和自律，讓公司整下來。他最初於求職網站上登錄自己的檔案，然後搜尋自己想的流程非常順利，同臨在你的身上。

現在他是一位旅遊編輯，也會兼顧online marketing的工作，也可能他比較幸運，在疫情下轉工作，一入職便是work from home，加上同事裡有事讓Mike始料不及。這件事讓他的公司老闆認識。這件事讓他在日本找工作的信心。這次經歷，或許成為了他留下來的強心針，有時候，與一個地方結了緣，所有好事都會降臨在你的身上。

他的bookmark訊息，便私訊問他有否興趣面試，原來這個小習慣為他帶來面試的機會，當然，也不是每次求職的網站也有這個功能。

現在他是一位旅遊編輯，也會兼顧online marketing的工作，但因為發現Mike那家公司是直接拒絕的，但因為發現Mike的履歷很豐富，遂把他的履歷介紹給其他的經驗很豐富，遂把公司老闆認識。這件徵一個職位，因為那個職位需要面對的客戶都是日本人，本應那家公司是直接拒絕的，但因為發現Mike的經驗很豐富，遂把他的履歷介紹給其他公司老闆認識。這件事讓Mike始料不及。

做的工作，他會有個習慣先bookmark那份心儀的工，但原來如此，他沒有遇上舊bookmark的訊息會傳到僱主那裡去，有一次有間公司因為看到他的bookmark訊息，便私訊問他有否興趣面試，原來這個小習慣為他帶來面試的機會，當然，也不是每次那時他主力找旅遊方面的工作，試過去應徵一個職位，因為那個職位需要面對的客戶都是日本人，本應那家公司是直接拒絕。

時Mike也佩服這些職業女性的厲害。正因如此，他沒有遇上舊派日本人的工作模式，也沒有那些頑固老頭同事。

Mike在日本工作上算是幸運，他憶起第一次找工作時的情況，那時他主力找旅遊方面的工作，試過去應徵一個職位。

最喜歡去新潟玩
下一個目標是長崎

Mike 喜歡做旅遊相關的工作，所以一放假的工作，所以一放假，不過日本人不像香港人，會無端白事請假去旅行，所以他也只有趁著周末和公眾假期時去個小旅行。他平常很喜歡去新潟，因為由東京出發很方便，除了滑雪一流之外，新潟也有很多美食、越光米、日本酒、海鮮和農產品也是一流，因此有朋友來東京，他都會帶大家去新潟玩幾天。問道他有沒有一個地方很想去，他說：「我很想去九州的長崎，很想去五島列島與九十九島呢！希望可以抽到時間去長崎一次。」

關於長崎

米克與長崎聯合推薦景點

長崎從前跟佐賀都屬於肥前，後來才改名為長崎。長崎的面積為 4105 平方公里，總人口約 141 萬人，人口密度不算高，所以在街上走起來也十分輕鬆。長崎大致可分為五個區域：長崎市、佐世保、平戶、大村、諫早、雲仙、島原和離島。長崎雖然一年四季分明，但除了山區和東部地方以外，平地一般都很少外雪，相對其他地方來也算是溫暖，只是西部偶然會下大雪。

原來長崎這個名字是來自一個人名，「長崎」來自於「長岬」這一個詞（在日語中，「崎」和「岬」是同音字）和古時住在這裡的「長崎氏」。在鎌倉時代開始，「長崎」是九州重要的武士一族，在江戶時代，長崎灣地區由武士長崎甚左衛門擁有，還使長崎成為鎖國政策下日本唯一允許對外國貿易的港口，促進了長崎的經濟繁榮，所以這個地方便以「長崎」來命名。

交通：
1. 香港有直飛航班前往長崎：
   https://nagasaki-airport.jp/tw/
2. 從福岡搭乘 JR 火車前往長崎約 1 小時 55 分。
3. 從佐賀搭乘 JR 火車前往長崎約 40 分。

#除特別註明外，本章所有相片均由長崎縣提供，特此鳴謝。

長崎縣觀光聯盟：
https://www.discover-nagasaki.com/zh-TW

大瀬崎燈塔

日本最美列島
五島
1

位於長崎縣西部的五島列島，擁有以福江島、久賀島、奈留島、若松島、中通島五個島嶼為中心，合共約152個島嶼組成。從長崎市中心搭乘高速船約85分，就可來到五島中心「福江島」。

在五島上，你可以享受到獨特的自然景觀與歷史悠久的教堂建築，又可以體驗 SUP 等水上活動，還有美味的海鮮與五島牛，在前往長崎旅行時，可以計劃一個五島的小旅行。如果時間不多，可以在福江島上來個輕旅行，推薦景點包括：大瀬崎燈塔、五島氏庭園隱殿屋敷、山本二三美術館和堂崎天主堂等。

堂崎天主堂

山本二三美術館

前往五島之交通：

1. 由「長崎港」站搭乘九州商船「噴射水翼船」至「福江港」，船程約 85 分鐘。

2. 或由「長崎機場」搭乘飛機前往「福江機場」，航程約 30 分鐘。

九州商船：

https://kyusho.co.jp/cht/publics/index/111/

高濱海水浴場

©Yasufumi Nishi/©JNTO

2 世界最美海灣 九十九島

登上展海峰便可以欣賞到九十九島的美麗海灣。
©Yasufumi Nishi/©JNTO

九十九島是指佐世堡港到平戶瀨戶之間散佈的208座小島，島嶼綿延延長達25公里，島嶼的密度是日本之首。不過這九十九島既無人居住，也難以登島，只可以乘遊船登島。想欣賞到九十九島的美麗海灣，可以登上展海峰，便可以俯瞰這個世界級的美麗海灣，可欣賞到沈降海岸地形獨特的美景。

1955年，九十九島獲指定為日本本土最西端的海洋國立公園，美麗景致和獨特動植物為佐世保的珍貴財產。

米克與長崎聯合推薦景點

岸有眾多錯綜複雜的自然面貌。島嶼沿岸可以保護了九十九島的無人可以登島，所以在周邊遊覽，也因為島的美麗海灣，可以景。

地址：長崎縣佐世保市
電話：0956-22-6630
網頁：http://travel.sasebo99.com/zh_TW/special/views-of-kujukushima
（網頁有詳細交通資訊）

©Yasufumi Nishi/©JNTO

3

長崎機場咖啡
NGS Coffee

他們的蛋糕也很受歡迎，300日圓起。

為什麼說這是「長崎機場咖啡」？因為「NGS」是長崎機場的機場代號，其實這家咖啡店開在長崎車站旁，吸引很多年輕一光顧。

其實老闆早在福岡已有分店，長崎店是第二間店，店內有很多飛機的元素，還有很多自家設計的產品，所以除了喝咖啡以外，還可以買到以長崎為主題的特別手信。店內每天會提供兩款不同口味的咖啡豆供客人選擇，還有人氣的雞蛋布丁和蛋糕，不過座位比較少，建議早上前來。

地址：〒850-0057 長崎縣長崎市大黑町2-5 アリオッソⅡ 1F
電話：095-895-5727
時間：8am-8pm
交通：JR長崎站步行3分鐘
網頁：www.instagram.com/ngs.coffee/

店內座位不多，早上去會比較易有位。

懷舊英國茶館
EIGHT FLAG

4

[EIGHT FLAG] 位於長崎市「舊長崎英國領事館」後方的小巷內，門外掛著一枝英國國旗，很易找到。

充滿英倫氣氛的一家英式茶館，在日本比較少見，推門進內彷如回到了過去。店內設有一座滿滿歲月痕跡的英國古董吧台，配上充滿古典風格的植物花紋牆紙和古董桌燈，讓人彷如置身於歐洲的小餐館內。

茶館的老闆是位日本人伊達文秀先生，因為他的老家從事航海業，所以把過去用過的指南針、扶手等，再加上從各地收集的古董去打造這家茶館。伊達先生對於沖泡英國茶很有研究，所以會用上讓保持茶溫的保溫套來套住茶壺。

此外，他們的窩夫也很受歡迎，全部下單後才手工做，再配上簡單的新鮮水果來吃，簡單樸實是一道不錯的下午茶。

地址：長崎縣長崎市大浦町 5-45
電話：095-827-8222
時間：2:30pm-6:30pm；星期一休息
交通：長崎市電大浦海岸通站下車，
　　　步行約 2 分鐘

英國茶 600 日圓起。

長崎市經典景點
眼鏡橋

5

眼鏡橋橫跨在於長崎市中心的中島川上，是日本最古老的拱形石橋，由於拱形的橋身倒映在水面，實體橋身和倒影一起成了眼鏡的形狀，所以有了「眼鏡橋」的名稱。

這裡和山口縣錦帶橋、銀座日本橋並稱日本三名橋，已被指定為國家文化財。其實，和眼鏡橋一同架在中島川上的還有其他橋，沿著水岸可以看到桃溪橋、袋橋等石造橋，打造出獨特風情。不過現在看到的眼鏡橋並不是1634年建的一條，而是1982年在一次大洪水之後重建。

近年來讓眼鏡橋人氣持續的還有橋下的愛心石，據說竟有20個之多，試試來這裡找愛心石。

地址：長崎市魚之町、榮町與諏訪町、古川町之間
時間：24小時
交通：從市電長崎站乘往「螢茶屋」的路面電車在「公會堂前」步行約5分

看看自己可以找到
多少個心型小石

人工島嶼
出島

6

1634年德川幕府下令建造出島，1636年完工，以扇形設計，因為當時採取鎖國政策，會將外國人指定到某一個區域生活，而出島便是為了葡萄牙人而建造。這裡最初由長崎的有力商人支付費用，而葡萄牙人則要每年支付費用。這裡在鎖國的200年間，是日本唯一開放的貿易港口。明治維新後日本逐漸開放，而出島亦失去了其隔離功能。直到1996年長崎市民意識到歷史的重要，所以提出重建出島，回復原來面貌。19世紀，島內裡有住家、調理餐廳、倉庫、崗哨等49棟建築物，其中，現已完成了部份十棟建築的修復工作，坂本龍馬等人於幕府末期拜訪過的石製倉庫和明治時期珍貴的西式房間等建築都向大家開放。

女士們可以租和服在出島上散步。

地址：長崎市出島町 6-1
電話：095-821-7200
時間：8am-6pm
門票：520 日圓

網頁：https://nagasakidejima.jp/english/
出租和服：https://haikarasan.co.jp/
交通：長崎市電乘往築町的電車到出島站下車即見

7

貓咪雜貨店
長崎の猫雑貨

長崎一帶有很多貓咪，而且大多數都是尾巴彎彎的「折尾貓」，性格近人又溫順，很受長崎人的喜愛。在眼鏡橋附近，有人開了一間貓咪雜貨店，店內售賣各式各樣可愛的貓貓小物、文具和服飾。這裡的貓貓商品，全都是店主自家的設計，由貼紙、刺繡款的帽子、化妝袋、紙膠帶等，都是店主帶著對貓咪滿滿愛意而設計。店內還有貓咪籤詩，大家可以來抽一個測一測運氣，籤詩的內容也跟貓咪有關，創意十足。

地址：長崎縣長崎市栄町6-7服部ビル1階
時間：11am-6pm；星期三休息
網頁：www.nagasakinoneco.com
交通：路面電車「めがね橋」站步行約3分鐘

有趣的貓咪籤

山頂上設有休憩的地方。

千萬夜景
稻佐山
8 山頂展望台

白天天晴的風景。

2012年專門研究夜景的峰會，根據問卷及實地調查之後，選定了香港、長崎及摩納哥為新世界三大夜景。長崎打低函館，成為日本代表的夜景。在2018年時便與枕幌、北九州一起被評為「日本新三大夜景」。長崎夜景還有「千萬美金夜景」的稱呼，因為長崎依山傍海的城市，有些屋會建在山上，從

山頂看下去燈光從山上延伸到山下，非常壯觀。

稻佐山海拔高333公尺，在2011年整修後，展望台在晚上更加添浪漫氣氛。最好在黃昏時上來，看著日落到入黑的變化，非常漂亮。白天來的時候，晴天時可以遠眺雲仙、天草和五島列島等。

地址：長崎市稻佐町
電話：095-861-3640
運行時間：9am-10pm；12月初休息作整修
班次：15-20分鐘一班
交通：JR長崎站乘3、4號巴士至ロープウェイ前下車，步行3分鐘至纜車站
網頁：www.nagasaki-ropeway.jp
費用：1250日圓（來回）

光與影全新園區
豪斯登堡

9

光影裝置藝術已在過去幾年製造了不少話題，讓大眾可以感受光與影結合數碼技術的五感體驗，讓藝術不再讓人感到陌生，更為大眾增加更多娛樂趣味。在 2021 年 3 月，光與影結合的娛樂項目正式登錄豪斯登堡，也是日本首個主題樂園內可以體驗到這種樂趣。由「NAKED, INC.」及「SQUARE

ENIX」聯手為豪斯登堡打造的「Fantasia City of Lights」分為「海之幻想城」、「花之幻想城」、「銅鐘之幻想城」、「運動幻想城」、「藝術幻想城」、「森林幻想城」及「宇宙想咖啡廳」7 個主題區域，每個區域均為遊客帶來不同的奇幻體驗及無盡驚喜。

晚上的豪斯登堡有另一個面貌，建議大家入住園內酒店。
©Huis Ten Bosch

豪斯登堡每年 2 月初到 4 月中的
大鬱金香節也是很受大家喜愛。
©Huis Ten Bosch

©Huis Ten Bosch

©Huis Ten Bosch

地址：長崎縣佐世保市
網頁：https://chinese01.huistenbosch.co.jp/
門票：7000 日圓（成人 1 day pass）
交通：由 JR 豪斯登堡站步行約 5 分鐘

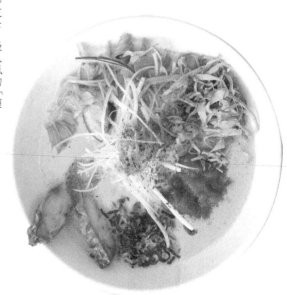

貝白湯拉麵
拉麵 砦
10

平常我們吃的拉麵，湯底多半是用豬骨和雞骨來做基底，有時會用上魚介類來提味。

來到長崎，這裡有一間卻以貝類來做湯頭的基底，包括用了蜆、蟶子、扇貝、蠔等鮮甜海鮮，再加入用大豆一起烹調出這款獨特的湯頭。這個湯頭的來源，源自當年311東日本大地震後，因為豬骨運送中斷了，

店家想著另一款湯頭來代替豬骨湯，希望尋找一款食材是可以在長崎內自給自足的，經過多翻尋找與嘗試，便用上貝類來做湯底的基底了。店內有多款湯底供選擇，以貝白湯做底再配以豬骨、蝦或蟹的湯來製作出不同口味。

和芝士：最人氣的「超人的海老潮」，便用上蝦油、蝦雲吞和一整尾蝦，再加入明太子汁和芝士；搞笑的「來世は公務員になりたい」（來世想當公務員），便加入了大量芝麻、堅果和魚粉。他們各家分店在不同季節都有各種特色拉麵，因此每次去到都會有驚喜呢！

他們的拉麵也很有特色，如最基本的「砦」拉麵，會加入羅勒醬

地址：長崎縣佐世保市早岐1丁目5-3
時間：11am-2pm；6pm-9pm；
　　　星期日休息
網頁：https://kaipaitan.com/
交通：JR早岐站1號出口步行約4分鐘

日本最長足湯
小濱足湯

11

這座面海的足湯足長105公尺，位於小濱溫泉鄉是日本最長的足湯，水溫有105度，因此而命名為「暖呼呼105」。當中包括蒸釜、泉源池、坐式足湯、健行足湯還有寵物足湯，大人小朋友連寵物都可以享受到泡足湯的樂趣。由於溫度非常高，能夠以蒸釜將雲仙的山珍海味例如蛋、蔬菜或海鮮等利用溫泉蒸氣蒸熟，體驗各種食材的原味道。推薦選擇黃昏時來泡足湯，能夠欣賞到小濱最迷人的橘灣夕陽，健行足湯則能夠利用池底的小石頭來按摩刺激腳底養生。

地址：長崎縣雲仙市小浜町北本町９０５－７０
時間：8:30am-7pm（營業時間因季節而異）
網頁：www.discover-nagasaki.com/zh-TW/sightseeing/50084
交通：JR諫早　搭乘巴士於小浜站下車。車程約50分鐘

12

人氣水果雪條
ROCINQ
FAMILLE

位於長崎小濱市的 R CINQ FAMILLE 是近來長崎的人氣甜品店，「R」是姓氏的首個字母縮寫。「CINQ（5） FAMILLE（家族）」則是法文的一家五口的意思。店主松尾俊弘先生把新鮮的水果製作出色彩繽紛的雪條，部份是他從外地吃過的口味再加以改良，他是希望孩子們都推有這樣的創意構想。

店內每都有多達20款雪條，從350日圓起至400日圓，除了水果口味之外，還有配上芝士的口味。當然少不了期間限定款式。

地址：長崎縣雲仙市小浜町北本町１１４－６新一角　ビル1F東1
時間：10am-5pm；星期四、五休息，還有不定休的日子
網頁：www.instagram.com/rcinqfamille/
交通：從小濱足湯步行約10分鐘

©JNTO

來一場地獄巡禮
雲仙地獄
13

©JNTO

雲仙溫泉鄉可分為古湯、新湯、小地獄三區，古湯與新湯之間就是雲仙地獄。由於水蒸氣與岩漿不斷地從縫隙中冒出，雲仙溫泉籠罩著一大片硫磺氣味與白色煙霧，遠處也看到白煙冒出，讓人彷彿置身在地獄，因此被稱為「雲仙地獄」。這裡所湧出的泉水高達90度，如果引到溫泉裡的泉水會加以降溫，大家可以放心浸泡。以地獄由來或傳說而命名的有「御絲地獄」、「大叫喚地獄」等約30處景觀，傳來陣

陣嗆鼻的硫磺味，當中設有步道，約30分鐘的路程可親身體驗一趟地獄巡禮，遊客也能夠體驗利用地獄蒸氣蒸煮的溫泉蛋，不只有別府才有這種體驗呢！

地址：長崎縣雲仙市小浜町雲仙
時間：24小時開放
網頁：www.unzen.org/t_ver/tourism/spot1.html
交通：JR諫早站搭乘巴士於島鉄雲仙バス營業所下車，
　　　車程約80分鐘

©（一社）長崎縣觀光連盟

相中是理髮店的原來模樣。

這是一幢由大正時代1923年便開始營業的木造理髮舘，現在改建成懷舊的咖啡廳。

大家走進咖啡廳內，可以感受到20世紀初的理髮廳面貌，因為店主盡可能把斑髮廳裡的一磚一瓦和各種陳設都保存下來。除了復古的裝潢，也別忘記了他們的料理。

他們有提供長崎的地道飲品「ミルクセーキ」，是一款用雞蛋與砂糖及牛奶混合一起打成沙冰的飲品，只有5月至10月提供。

還有島原的名物「かんざらし」，是一道甜湯圓，放在冰涼的糖水裡，因為島原也是純淨清徹的水而聞名，夏天吃起來簡單是透心涼。

地址：長崎縣島原市上の町888-2
時間：10:30am-6pm；不定休，星期一5pm關門
網頁：www.rihatsukan-kobomomo.com
交通：島原鐵道「島原」站步行約5分鐘

中間的便是「かんざらし」，380日圓。

花費7年完工
島原城

15

島原城是島原半島的地標建築，位於島原的中心地帶，是1618年的城主在高台上所建造的城池，利用了名為「四壁山」和「森岳」的小土丘地形打造出島原城，花費了7年才完工。最大的特色就是正中央擁有白色牆面的天守閣，是以安土桃山樣式來打造，甚為壯觀。經歷250年的歷史，島原城在明治時代瓦解，並於1960年重新修復，如今在天守閣內，展出天主教、藩政時代的鄉土情事、民俗資料等相關展示，並有日本著名雕塑家北村西望的紀念館。春天的島原城是賞櫻名所，城牆邊會開滿粉嫩的櫻花林道，讓人印象難忘。

地址：長崎縣島原市地城內1-1183-1
電話：095-762-4766
時間：9：30am-5：30pm
門票：550日圓
網頁：https://www.discover-nagasaki.com/zh-TW/sightseeing/298
交通：JR長崎站乘島原鐵道到諫早站，再轉乘島原鐵道前往島原站下車

16 近代住宅庭園

湧水庭園四明莊

島原現在不僅擁有懷舊老街，也是自古湧著屋簷下而建成，座水豐富有著水都之美園中的池水湧水量有譽，也以擁有純淨清時達三千噸之多。來徹的水見稱，走在街到這裡遊客能坐在廊上隨處可見在水道中緣欣賞湧水庭園的景優游的鯉魚，也因此色，並度過一段悠閒被稱為「鯉魚優游的的時間。

城鎮」。這幢住宅也是位於這個範圍內，沿著水道不難發現靜靜佇立在旁的「四明莊」，最初由一名禪僧建成。房子的大堂，正面與側面兩方都往

地址：長崎縣島原市新町二丁目
電話：095-763-1121　　　時間：9am-6pm
門票：310日圓　　　交通：島原站步行10分鐘
網頁：www.discover-nagasaki.com/zh-TW/sightseeing/979

17 玻璃海灘

森園公園

地址：長崎縣大村市森園町1484

離長崎機場大約5分鐘車程的森園公園，在它的旁邊有一個無名字的海灘。這個海灘近來是不少人的Instagram的打卡勝地，因為海灘上的不只有是沙，看真的一點，原來海灘上的都是一顆顆細小的玻璃，好像滿地都是寶石一樣。

這些玻璃不是胡亂掉下的垃圾，而是因為藻類會在夏天進行分解作用，因為會發出腐臭味。所以，大村市便將爛了的玻璃循環再用，打細成小顆粒，鋪在海邊，防上藻類大量繁殖。這些玻璃已經打磨好了，大家不用擔心會弄傷腳。

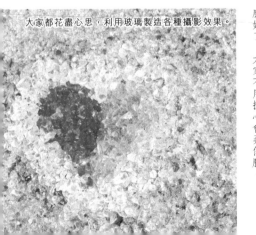

大家都花盡心思，利用玻璃製造各種攝影效果。

30

18

打卡熱點
超可愛
水果巴士站

這裡是非常人氣的打卡熱點，沿著諫早市國道 207 號前進，經過小長井町路段時就會看到路邊有許多可愛又巨大的水果巴士站。

原來這些巴士站是為了 1990 年長崎旅行博覽會舉行時，作為迎接客人的裝飾物所設置，有哈蜜瓜、草莓、西瓜、橘子、番茄共 5 種水果，總計 16 座景點。

巴士站。2017 年底經過重新上色、整修後，水果巴士站更顯鮮嫩多汁，特別是哈蜜瓜車站，它的蜜瓜紋路做得相當細緻且維肖維妙，利用鏡頭遠鏡等特殊角度的手法能夠拍攝出許多有趣的照片，再加上這些巴士站就在海邊，現已成為網路熱門的打卡景點。

地址：長崎縣諫早市小長井町国道 207 線

光のファンタジアシティ
FANTASIACITY OF LIGHTS
光之幻想城

加強了花・海・及宇宙的效果、追加了體驗型咖啡廳、可以體驗到進化版的豪斯登堡幻想城市！

長崎・豪斯登堡

www.huistenbosch.co.jp

@huistenbosch_official　@HTB_official

©HUIS TEN BOSCH

與鳥取結下不解緣

Pinky

現為鳥取縣政府擔任國際交流員（Coordinator
for International Relations），透過不同
渠道向香港推廣鳥取縣，促進兩地文化、旅遊等
各方面交流。Pinky 同時在鳥取縣擔任了「廣東
話講座」講師，教授鳥取縣職員一些簡單的廣東
話，促進兩地人交流。過往 Pinky 也曾任兵庫
縣香港事務所的職員，也曾為米線連鎖店母公司
派駐香港的日本管理層人員秘書。

鳥取縣香港：www.facebook.com/tottoriHK

相片提供：Pinky

#鳥取縣

鳥取縣是日本本州西部地方的一個縣，這一帶也稱為「山陰」，意思指鳥取縣、島根縣，有時會包括山口縣的北部。鳥取縣北臨日本海、東側和兵庫縣相鄰，南側和岡山縣、廣島縣接壤，西側是島根縣。鳥取縣的面積在47個都道府縣中排名第41位，總人口是全日本最少，人口密度也非常低，是一個很小的縣份，只有四個市，包括：鳥取、米子、倉吉和境港。雖然土地面積和人口不多，但鳥取縣擁有日本最大的觀光砂丘之一鳥取砂丘，並且是日本重要的梨產地，螃蟹捕獲量居全日本之冠，在日本國內非常聞名。

「鳥取」這個地名來自於古代的「鳥取鄉」。古代的鳥取平原有很多沼澤，容易捕捉聚集在水邊的鳥類，當時這裡的居民有捕捉鳥類，並以此繳稅，這些居民被稱為「鳥取部」。

相關網頁：
鳥取縣觀光連盟　www.tottori-guide.jp/
鳥取縣觀光交流局國際觀光誘客課　www.tottori-tour.jp/zh-tw/

相片由 Pinky 提供

#鳥取市

鳥取市位於日本鳥取縣東部（因幡地方），同時是鳥取縣的縣廳所在地。江戶時代，鳥取市是鳥取藩主池田氏的城下町，現在則是山陰地方的地方據點都市之一，因毗鄰日本最大的壯觀砂丘鳥取砂丘而聞名。當地的主要觀光景點有鳥取砂丘、浦富海岸和白兔海岸等。

相關網頁：
鳥取市觀光コンベンション協会
www.torican.jp/

> 回香港最想做的事……
>
> 「有機會回港，第一件事一定是緊抱香港的家人，再吃一頓家人所煮的家常便飯，就已經很滿足。嫲嫲的蒸水蛋、婆婆的梅菜蒸豬肉、爸爸南瓜焗雞翼……人在異鄉，就算買足所有材料，也做不出這些「家鄉味」。」
>
> ── Pinky

Pinky從小很喜歡看漫畫，順理成章要令自己看懂日文，於是自學日文起來，她果然有天份。後來畢業時寫了一封信《給十年後的我》，放進學校時間錦囊，裡面其中一段就是問十年後的自己是否跑到日本開始，她從那時開始，已經「心思思」想到日本生活，心動不如行動，Pinky最終選了鳥取作為她的落腳點。

喜愛看日本漫畫，大概可以說是個日本控，因此對於日本總是有種幻想。問Pinky最初幻想的日本是怎麼樣？她笑說：「職場上大家不苟言笑、日日加班、外國人被看成異類等等。」這些也真的是漫畫中職場上的畫面。不過來到鳥取之後，發現並不是這樣，單是她所屬的部門，負責觀光交流，由於部門內外也有不同國籍的交流員，日本同事也十分習慣外國人同事的存在。可能由於她並非正式公務員，上司反而會提醒Pinky準時下班，所以她沒遇到加班這回事。不過，始終來日本生活，跟旅行是很大分別的，心理上必須做好準備。

Pinky說，旅行時，總想留住所有時刻、留住所有事物，因為自己深知要留住下趟旅行才有機會再看到眼前景色，於是匆匆忙忙，捨不得浪費旅行中一分一秒。而現在於日本生活，日常生活中看到夕陽美景，滿天繁星、路邊燦爛盛放的一花一草及不住停下來欣賞眼前事物，依然會感動、內心讚嘆。只不過，現在少了一份匆忙，多了一份悠閒，可以慢慢細看。

看來鳥取帶給Pinky一個非常好的印象，她說最推薦黃昏時分的鳥取砂丘，不是因為她為鳥取工作而說，而是她真的很喜歡這個地方。她說那裡每天不同時段砂丘都有不同面貌，而她最喜歡的就是「Magic Hour」時分的鳥取砂丘。Pinky說：「夕陽斜下，將天空、砂丘照成一片橘紅色。黃昏時分遊人不多，砂丘的沙不再熾熱，整個鳥取砂丘就變成大舞台！天空由橘紅漸變成紫藍色，斜陽換成初升彎月。」Pinky憶起有次與朋友一家來到，與小朋友一同在砂丘跑跑跳跳、「滾地沙」又自攜小道具拍下一張張剪影相片，非常難忘的一次旅程！

現實比想像的來得更好

相片提供：Pinky

工作成紅線牽引她到鳥取

住上了一陣子，Pinky也非常喜歡鳥取，好奇問到她當時她在Facebook上看到鳥取縣的招聘廣告，原來當日來鳥取的過程，可能一世後悔，既然上天給自己看到這則廣告，那麼決定一試。因為時間緊迫，她半夜寫好所有文件，趕在限期當天申請，然後安排飛到日本進行面試及筆試，與其問她鳥取有什麼吸引她去到，不如說是因為這份工作吸引了她去到鳥取。

或許是上天巧妙的安排，Pinky來鳥取也很順利。她來到鳥取之後，很快便發現「她」的特別之處。Pinky住在鳥取縣鳥取市，也是鳥取縣的行政中心。整個山陰地區並沒有連接任何新幹線，因此經常給人很「鄉下」的感覺。

相片提供：Pinky

的確，鳥取市人口密度不高又沒有什麼夜生活，上下班時間以外，街上很少遇見其他路人，有時候不禁想：到底18萬的居住人口從哪裡來？不過，鳥取市同樣有不少全國大型連鎖店（鳥取站前的大丸百貨更加有廣東話廣播呢！）也有國內航班，JR特急列車、長途巴士等連接東京、大阪、廣島等其他大城市。想去郊遊、旅行放鬆一下的話，自己開車或者踩單車就可以到久松山、鳥取砂丘、浦富海岸等大自然景點，四處走也很方便。問及Pinky最喜歡的地方，她二話不說的答：「鳥取市！就是這裡既有鄉郊的寧靜也有城市的便利，不太繁囂、不太荒蕪，所有東西恰到好處。」

Pinky和鳥取的緣份，像極月老牽了紅線。不過初到日本，也有一些事讓她手

36

忙腳亂。鳥取生活也是她第一次的日本生活。從小便活在生活節奏全球稱冠的香港，當初最不習慣的，當然就是這裡櫃檯處理的速度了。她笑說，不論是開設銀行戶口、辦理住民票等等（住民票是戶籍紀錄、有居民的姓名、性別、出生日期和住址，如果是外國人則會另寫上國籍、在留資格、在留期間及在留番號）。凡是要處理的事情，動輒要花上30分鐘至一小時。等，當然不是問題，一早已有心理準備日本的生活節奏較慢，只是就連查問一下得花上10分鐘，然後得到的答案竟是「呃…唔…不太清楚／好難說，請再稍等」，日本人沒有十足把握，是不會給你一個肯定的答案，因此在日本生活也是必須要有點耐性。對於一個初來報到的香港人來說，實在有點難適應。

現在，Pinky慢慢適應了，唯有「路不轉人轉」，預留充足時間，再順著職員的進度，將要辦的事情逐點提出，避免一次過將所有事情說出來，否則他們會處理不來。

在日考車牌的經歷 成生活奇遇

Pinky在鳥取生活時還有不少奇遇，當中最讓她難以忘懷的便是真正的由零開始學習、考「棍波車牌」的經歷了。共有四節的駕駛訓練（每節50分鐘），是真正的由零開始學習駕駛「棍波車」，比如開車、停車、上下坡、「吊極力子」等等，還要邊留意自己的車技，邊努力聽清楚導師的日文指示與糾正。她現在回想起當時的情況，也不禁笑言「那200分鐘的『雞精班』，讓人精神為之緊張，真不容易。」

當時，她從台灣前輩哪裡知曉，日本人對外國人考生特別嚴格，不少考生都經歷過至少三、四次才能獲得合格資格。然而，她卻很慶幸自己有預先到訪當地的駕駛學校「補鐘」，所以只考了一次便合格，順利換領日本駕駛執照。可惜她只有「自動波」的香港駕駛執照，因此日本駕駛執照上只印有「AT限定（即僅限駕駛自動波）(AT)汽車」的標記。

然而，在經歷疫情的這兩年間，Pinky多了不少閒暇時間，心血來潮的她突然萌生起「考棍波」的念頭。於是，她便在網路上查詢了一下，發現日本駕駛學校原來還額外提供「限定解除」駕駛執照的課程，專門為已有「自動波」駕駛執照的人士而設，這讓她眼前一亮並有了報考的想法。坐言起行，翌日她便與高采烈地前往駕駛學校報名。該項課程完成駕駛課程後，經導師許可就可以準備考路試。路試設於駕駛學校內進行，一般會安排考相同路試的考生二人為一組：一位參與開車考試，另一位則充當乘客。她回憶考路試當天，剛巧沒有遇上其他報考「限定解除」的考生，所以她被安排與一位報考大型貨車的考生同組。生平未乘搭過大貨車的Pinky，第一次有幸爬上「拖頭」那天她抱膝坐在窄小的空間內，陪伴著這位陌生人考路試，充當大貨車的「乘客」，可謂印象深刻。幸運的是，她與這位萍水相逢的大叔都順利取得合格資格，還愉快地互相祝賀後，便離開了駕駛學校。現在回想起來，不知道這位大叔考生現在是否憑藉新駕照，也順利在「疫市」之下找到新工作呢？

下雪後的鳥取砂丘，住在當地便有這樣的機會看到。
相片提供：Pinky

工作最大滿足感能促兩地交流

相片提供：Pinky

作為一位「國際交流員」，想必對於她的工作很有興趣。雖然日本國內其他地方政府也設有這個職位，但原來只有鳥取縣會聘請香港人到政府內擔任此職位，是非常罕有的工作。工作內容主要是透過不同渠道向香港推廣鳥取縣，促進兩地文化、旅遊等各方面交流。因此，Pinky的日常生活亦變成發掘鳥取最新情報，相約去試新餐廳、新活動等等。與其他國際交流員互相交換最新情報，帶著香港的媒體平每個月都會出差，帶著香港的媒體去試鳥取縣各地採訪，不過疫情期間，香港傳媒不能來鳥取實地採訪，於是工作重點轉移到社交平台上。除了原來的「小編」工作以外，拍片、寫劇本、剪片等也要自己一手包辦。

問道Pinky之後有什麼打算，她堅定地說會選擇繼續留在日本，最主要是因為工作，也能實現在學時期的理想——當文化交流的橋樑。再者，此刻鳥取能給她香港沒有的「work-life balance」。縱然人工不及香港，但換來的生活質素卻是無價。

此外，今年內會首次開辦「廣東話講座」並擔任講師，教導鳥取縣職員一些簡單的廣東話。希望通關之後，大家再來鳥取時可以聽到鳥取縣民以廣東話迎接大家。雖然疫情影響了工作，不過有機會不斷摸索和嘗試，大概是這份工作給予Pinky最大的滿足感。

Pinky & 鳥取縣
聯合推薦景點

米子空港以鬼太郎作為主題。

飛機－國際航班

香港有直航米子機場的飛機，由香港航空營運
米子機場：www.yonago-air.com

米子機場
前往市區

從米子空港前往市
區可以乘巴士或者
JR，鐵路方面可以
直接去到境港。

米子機場有幾家大型的租車公司
櫃檯。

鳥取機場以柯南為主題。

鳥取機場位於鳥取市，但只有國內線航班。

飛機－國內航班

在日本，每天都有多班國內線航班從東京羽田機場飛到米子鬼太郎機場和鳥取砂丘柯南機場，由全日本航空營運。

鳥取機場：www.ttj-ap-bld.co.jp

JR

在日本國內去鳥取，最方便應該是 JR 火車吧！從岡山過去鳥取站需時 1 小時 45 分，從鳥根縣的松江站去米子則只需 22 分鐘。

高速巴士

除了巴士，假如你想再省多一點錢，可以選擇高速巴士。高速巴士的站點包括廣島（5 小時 30 分鐘）、京都（3 小時 31 分鐘）、大阪（3 小時 7 分鐘），在鳥取站上落車。

網頁：www.nihonkotsu.jp

從大阪出發的高速巴士十分方便，先從關西機場坐機場巴士到難波 OCAT，再於 OCAT 站轉乘高速巴士前往鳥取。這條路線不時推出優惠，試過 Y2050 就可以從關西機場經難波去所以可以多留意鳥取縣的 Facebook 獲得最新消息。

從大阪難波往鳥取的高速巴士，中途會有下車的去洗手間的時間。

難波 OCAT，先從關西機場坐機場巴士到這裡，再轉乘高速巴士。

鳥取縣內交通

JR　在鳥取縣的 JR 路線有 4 條，包括境線、因美線、伯備線和山陰線。如果以鳥取站為中心的話，從鳥取站去米子站約 1 小時 5 分鐘、倉吉站約 30 分鐘和境港站約 2 小時 31 分鐘。
網頁：www.jr-odekake.net

巴士　在鳥取內都有不同巴士路線行走於縣內，主要由日本交通株式會社和日之丸自動車株式會社營運。同時，在縣內亦有由八頭町、岩美町和若櫻町營運的巴士，這些巴士是負責來往鳥取市近郊地區。

日本交通株式會社 [1]	網頁：www.nihonkotsu.co.jp
日ノ丸自動車株式會社 [2]	網頁：www.hinomarubus.co.jp/index.html
八頭町營巴士	網頁：www.town.yazu.tottori.jp
岩美町營巴士	網頁：www.iwami.gr.jp
若櫻町營巴士	網頁：www.town.wakasa.tottori.jp
境港循環巴士	網頁：www.sakaiminato.net/map/hanaloop
麒麟巴士 [3]	網頁：www.torican.jp/bus

1. 主要行走米子、倉吉和鳥取地區，並營運部分高速巴士路線和鳥取市內特別循環內線くる梨
2. 主要行走米子、倉吉和鳥取地區，並營運部分高速巴士路線
3. 行走鳥取砂丘帶觀光巴士，於星期六、日及公眾假期行走，8 月 1 日至 8 月 31 日休息。

鳥取市 日租單車

鳥取市內的巴士不算頻密，如果經常用的士真在太昂貴，懂得踩單車的朋友，可以考慮花 500 日圓租單車遊鳥取市。租車的位置就在鳥取站的高架橋下，他們有提供電動單車，電動車一般可以踩約 35 公里，電力足夠來回鳥取砂丘（由鳥取站去砂丘約 5 公里）。

鳥取夏祭

鳥取鏘鏘祭

（鳥取しゃんしゃん祭）

1

©Tottori Pref.

「鳥取鏘鏘祭」是鳥取市最大型的祭典，每年於日本盂蘭節8月中期間（大概是8月13至15日，每年都稍有不同）舉行。當中重頭戲是祭典第二天的傘舞巡遊，近4000人撐著和傘、跟隨民謠節跳傳統傘舞，由白天跳到晚上，場面盛大，更獲得健力士世界記錄為「世界最大型傘舞」！傘舞隊伍來自

不同界別，有幼稚園師生、當地企業及團體等。縣廳內有個不明文規定——凡是新入職員工，首年都要參加縣廳的傘舞隊伍，整個祭典裡要跳雨、三小時傘舞。沿途市民時而停下來跟著跳跑著唱，舞者和市民一同樂在其中，盡情享受夏祭。

網頁：http://tottori-shanshan.jp

©Tottori Pref.

©Tottori Pref.

©Tottori Pref.

Pinky 的鳥取鏘鏘祭跳後感

「我也有參加 2019 年鏘鏘祭跳傘舞，我在一個半月之前便開始和同事下班後練習。祭典當日，剛好遇上香港傳媒的採訪團，於是只好中途先行離隊，匯合縣廳隊伍後，一同整裝出發！難得能成為祭典成員一份子，我選擇了穿着浴衣跳傘舞（另一選擇是傳統外套式上衣「法被」），在三十幾度高溫之下，沿站前商店街，撐着傘由黃昏跳到晚上，浴衣被汗水濕透，纏上布帶的雙手也長出了繭呢！但看到大家都很享受祭典，我的疲累都一掃而空！」

— Pinky

相片提供：Pinky

彩虹芝士蛋糕

2 彩虹芝士蛋糕
Tottori Cheese Garden

鳥取市這家店的芝士蛋糕非常低調，開在一個不起眼的位置，但因為他們的名物彩虹芝士蛋糕太美麗，所以讓好多人都知道了。Tottori Cheese Garden 由鳥取當地社福機構營辦，採用的是鳥取縣的新鮮牛奶

來製作芝士。Cheese Cake 味道非常香濃。此外他們有早餐提供，一樣是以芝士為主題。餐單上更有提供自家製的芝士併盤，冬天時會推出芝士火鍋，芝士控來到鳥取一定不可以錯過。

地址：鳥取市藥師町 46-3 MARUI 藥師町店停車場內
電話：0857-21-3260
時間：9am-5:30pm；星期日、一休息
交通：JR 鳥取站步行 22 分鐘或 JR 鳥取站乘巴士「十六本松線」於相生町站下車步行 8 分鐘
查詢：www.nonona.org/shop/cheesegarden

蛋糕由 360 日圓起。相片由 Pinky 提供

44

山陰海岸公園

3 浦富海岸

大家可以參加不同的水上活動，以不同角度欣賞浦富海岸。

在日本山陰海岸公園內的浦富海岸，由於擁有延綿 15 公里的怡人海岸與清澈澄明的海水，以及因長期受海浪拍打侵蝕而成的海蝕洞，都是令這裡成為旅遊熱點的原因。

想要近距離欣賞嶙峋的海蝕洞，建議可以搭乘遊覽船暢遊海岸，路線有二，一是巡遊海中的洞窟的「島めぐり遊覽船」，身二種是穿梭小島與海蝕洞間的「小型船うらどめ號」，任君選擇。

好動的朋友，也可以參加不同的水上活動，如直立板、獨木舟、浮潛等。

地址：鳥取縣岩美郡岩美町大谷 2182
電話：0857-73-1212
時間：食堂 11am-2pm、賣店 9am-4pm；
　　　遊覽船 [3-11 月]9:30am-3:30pm（每 30 分鐘一班）；
　　　小型船 [4-10 月]9:10am-3:10pm（每 1 小時一班）
交通：JR 岩美站乘巴士約 15 分鐘或 JR 鳥取站乘巴士約 40 分鐘
網頁：www.yourun1000.com　（所有活動在此登記）
費用：遊覽船成人 1,400 日圓、小童 700 日圓；
　　　小型船成人 2,500 日圓、小童 1,800 日圓

人氣 pancake，香濃鬆軟，不是近來流行的一味以口感取勝的 pancake 能及，蘋果 pancake 1180 日圓。

人氣 Pancake
4 大江之鄉

從養雞場到百里飄香的甜品名店，這家大江之鄉一直堅持用天然放牧的方式飼養雞隻，也難怪每隻出品的雞隻都健康又豐腴，雞蛋也隻隻濃郁味美。店內採用的都是自家產的走地雞蛋「天美卵」，麵包、蛋糕、鬆餅甜品在食客中得到很高評價，來這裡的人十個有九個都是為了 Pancake，要吃 pancake 的朋友可以先在網上預約座位，平日一般非午餐時間都不用等位。

香濃雞蛋布甸，也是大家專程來這裡的目的之一

地址：鳥取縣八頭郡八頭町橋本 877
電話：0570-077-505
時間：10am-6pm
交通：JR 郡家駅前乘「さんさんバス」巴士「大江倉庫行」
　　　於「大江ノ鄉自然牧場」下車，車程約 15 分鐘
網頁：www.oenosato.com/resorts

除了一般常見的帳篷和小木屋之外，更可租用這款「天空帳篷」，13000日圓／2人

5 露營場地
八東古里之森

2021年4月重新開放的營地，以可持續發展為理念，與林共生。營地提供小屋、露營帳篷等不同住宿選擇，更有日本少見的空中帳篷。住宿以外，亦有各式體驗活動，包括桑拿營、夜間觀星團、溪間釣山女魚等。現代都市人每天「機不離身」，即使旅行在外也總是盯住手機、電腦，沒法好好停下來休息。有見及此，營運團體為大家「數碼排毒（Digital Detox）」。除了接待處主樓以外，營區內沒有網絡或電話訊號，讓大家真正遠離繁囂，好好享受大自然。

地址：鳥取縣八頭郡八頭町妻鹿野1572
營地開放月份：4月下旬–11月
交通：若櫻鐵道丹比站有免費接送服務，
　　　預約時通知營地預訂接送服務
網頁：www.hattofurusato.com

相片提供：Pinky

營地有cafe提供食物，外國旅客不用擔心要自備食材煮食。相片為特色的山女鱒魚漢堡，500日圓

6

戀愛結緣勝地
白兔神社、白兔海岸

「白兔」是日本愛情故事的發祥地，在2010年獲認定為「戀人的聖地」，而白兔神社更被稱為當地最強的戀愛結緣神社。

傳說中，大國主命救了一隻受傷的白兔，感恩的白兔為其預言會娶到一位絕色美人，及後預言果然成真，而當時白兔獲救的地方便成了白兔神社了，繼而白兔亦成為締結良緣的神使。據說在神社內購買兔子石像，把它投射到社內的石鳥居居頂，沒有掉下來的話，你和戀人便有可能開花結果。

地址：鳥取縣　鳥取市白兔宮腰603
電話：0857-59-0047
時間：9am-4pm
交通：從JR鳥取站乘日之丸巴士往「鹿野方向」約40分，
　　　於白兔神社前下車走約5分鐘
網頁：www.tottori-tour.jp/zh-tw/sightseeing/102

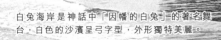
白兔海岸是神話中「因幡的白兔」的著名舞台，白色的沙濱呈弓字型，外形獨特美麗。

7

師傅發辦
名代 笹すし

在日本吃師傅發辦的壽司店（Omakase），大多都是十分昂貴，加上你又不懂說日語的話，是很難吃得到的。在鳥取車站附近，就有一家平易近人的壽司店可以吃到師傅發板的壽司餐廳，￥4300起便可以吃到由師傅為你精挑的壽司。此外，店家不抗拒外國人，還喜歡以一點點的英語和客人交談，唯必須要訂座才可以享用到他們的壽司，你可以用簡單英語預訂，或請旅客中心的職員幫忙。

因為鰻魚肉太軟腍，師傅是直接放到客人手上。（海鮮視乎當天供應）

地址：鳥取縣鳥取市末広温泉町104
電話：0857-23-4538
時間：5:30pm-9:30pm；星期日休息
交通：JR鳥取站北口步行8分鐘
網頁：www.hal.ne.jp/sasasusi

前菜都是師傅親自利用當天食材設計，好有心思。

店家用炭火燒烤，份外有風味。
相片由鳥取縣提供

鳥取和牛

8 燒肉福ふく

鳥取和牛夠出名，在鳥取站不遠處的燒肉福ふく，他們所賣的和牛是得獎品種，所以值得前來一試。他們的和牛是來自鳥取市東部的萬葉牛，在短短10年內已獲獎無數，店主表示他們養牛的牧場就在附近，可以嚴格控制品質。

除了牛肉外，店家推薦和牛內臟併盤，因為牛的品質好，內臟也不會有羶味，不妨一試。

地址：鳥取縣鳥取市弥生町 334-2
電話：0857-50-0029（需 3 天前預訂，
　　　可以到他們的 Facebook 預約）
時間：6pm-11pm；星期日休息
交通：JR 鳥取站北口步行 8 分鐘
網頁：https://fuku29.jimdo.com

牛內臟併盤，￥1600。
相片由鳥取縣提供

牛肉併盤 ￥3800 起，圖為 2 人份。
相片由鳥取縣提供

森林裡吃山菜料理

9 三滝園

三滝園在鳥取非常知名，這裡隱身於蘆津溪谷之中，這裡可以在森林的環挽下享用一頓山菜料理，在秋天的時候，這裡更是賞楓名所。想吃到山菜料理，要提早預約，你可以請鳥取站的旅客中心幫忙，也可以試試請酒店幫忙。如果你有一點時間，可以走一下蘆津步道，這裡已由專家定為「森林治癒步道」，來這裡走一轉可以紓解壓力，同時放鬆你的心情。

地址：鳥取縣八頭郡智頭町芦津 277
電話：0858-75-3665
時間：8am-5pm；逢星期二、三休息（12 月上
　　　旬至 3 月 31 日冬季休業）
交通：從 JR 智頭站搭乘巴士芦津線約 25 分鐘，
　　　在「倉谷」下車徒步 5 分鐘
網頁：https://ashidumitakien.jp

他們是無菜單的定食，分竹、杉、松 3 種，由 ¥2500 起，預約時要先點好吃哪種。

©Tottori Pref.

10

日南町舊日野上小學
百年大銀杏樹

©Tottori Pref.

地址：鳥取縣日野郡日南町三榮
賞期：10 月底至 11 月初
查詢：www.facebook.com/gogohinokami
交通：米子站開車前往約 50 分鐘

鳥取這所小學的大銀杏樹樹齡超過100歲，佇立在舊小學操場之中，非常壯觀，更成了日南町舊日野上小學的象徵。每逢10月底至11月初，整棵大銀杏蛻變成金黃色，落葉則鋪成金黃地毯，

讓人忍不住想要試試躺在上面，現在也吸引很多人專誠來一睹它的風彩。學校早於2009年3月底關閉，現時校舍已活化成共享空間，課室變成辦公室，工作之餘也回味一下校園時光。

©Tottori Pref.

相片提供：Pinky

11

國寶級佛堂
三德山
三佛寺投入堂

相片提供：Pinky

位處於海拔900米的三德山上的三佛寺，現在，想要靠近欣賞投入堂，必須要攀過險峻陡峭的山間小路，當然想安穩觀景的朋友，也可以利用望遠鏡在山腳下遙看投入堂，風光都不盡相同。

三德山上的三佛寺，是一座山岳寺院，因為奧院的投入堂是建在垂直峭壁上的一處凹洞內，這獨一無二的建築形態使其被認定為日本國寶級佛堂。

雖然佛堂的正式建造年份未能確定，但是至今仍有一傳說流傳世上：傳說這佛堂原建在平地，只是由修驗道的鼻祖役小角施加了法術，把整座建築物投進絕壁之內，

因此稱作「投入堂」。

大家如果要登山，請準備好裝備，因為上山很多路段都要徒手爬山，非常陡峭危險，而且也不要一人登山和帶食物上山，並使用背包會較為安全。

地址：鳥取縣東伯郡三朝町
　　　三德1010
電話：0858-43-2666
時間：8am-3pm（總堂5pm關門）
網頁：www.mitokusan.jp
費用：投入堂參拜登山成人800日
　　　圓、中小學生400日圓（欲
　　　至投入堂參拜登山的遊客，請
　　　在總堂後方的投入堂參拜登
　　　山受理處（參拜登山事務所）
　　　辦理手續），總堂參拜400
　　　日圓、中小學生200日圓

三德山炎の祭典。
©Tottori Pref.

A5 級油脂 12 分滿分西冷牛排

和牛控注意！

焼肉どばし

12

鳥取和牛的特別之處，相信大家都知道了，原來在鳥取縣內，單是和牛便已經百家爭鳴。

其中來自鳥取縣中部琴浦町的「東伯和牛」也是非常知名的，從 2013 年起便獲獎無數。牛肉品質不遜於神戶牛、松阪牛，這些名牌和牛。因為品質有保證，有些東京的餐廳也指定要入「東伯和牛」呢！這家位於倉吉市的燒肉どばし，專門賣「東伯和牛」，從牧場直接入貨，一來新鮮，二來可以降低成本，大家可以吃到相對便宜的東伯和牛。老闆推薦「七打牛扒（Chateaubriand）」這個部份，是牛腰肉最中心的部份，肉質幼嫩，每頭牛只有 600 克的份量，實在珍貴。

地址：鳥取縣倉吉市上井町一丁目 7-11
電話：0858-27-1029
時間：5pm-11pm(L.O.10:30pm)；星期三休息
交通：JR 倉吉站步行 4 分鐘
網頁：www.instagram.com/yakiniku_dobashi

七打牛扒 Chateaubriand
相片提供：Pinky

玉川之上的倉庫老街

13 白壁土藏群

別看現在的土藏群裡商店有些零落，早在江戶、明治時期可是熱鬧繁囂的倉庫與商店街，道上進駐的不是米店、油店就是酒窖、醬油店，站在玉川之上的石橋，細看赤瓦與純白漆壁交接之下的獨特街道風景，恍惚還依稀感受到當年的復古氣息。這裡已被選為國家重要的建築群保存地區，原來的倉庫也活化成物產館、喫茶店與展覽館等等，讓遊客在遊覽舊址了解文化的同時，又能滿足逛街休憩的需求。

地址：鳥取縣倉吉市新町 1 丁目、東仲町、魚町、研屋町周邊
電話：0858-22-1200（倉吉白壁土藏群觀光導覽所）
交通：JR倉吉站搭乘路線巴士「市內線西倉吉方面行」約 12
　　　分鐘，於「赤瓦〆白壁土藏」站下車走約 5 分鐘即達
網頁：www.tottori-tour.jp/zh-tw/sightseeing/171

倉吉絣和服變身
14 赤瓦一號館

和服體驗穿上這裡獨有的倉吉絣，￥5000，另有浴衣體驗。

赤瓦一號館是由舊醬油店和工廠改造而成的手信館，此外這裡還可以體驗穿上倉吉絣（倉吉的地道織布）和服在老街上散步，和服大家都可能穿過了，這種只有在倉吉穿到的和服，還會由專業的職員幫你一層層的穿上，絕對值得一試。在這裡除了能買到倉吉的知名物產與當地手工藝品外和倉吉絣體驗外，在樓上還設有民藝工房，以及在地的手作商品販商，種類五花八門，簡直是買手信的攻略要塞。

地址：鳥取縣倉吉市新町 1 丁目 2441
電話：0858-24-5371
時間：9am-5pm；星期一、年末年始休息
和服體驗：11am-1pm；2pm-4pm （請提早 30 分鐘抵達）
交通：JR 倉吉站搭乘路線巴士「市內線西倉吉方面行」約 12
　　　分鐘，於「赤瓦・白壁土蔵」站下車走約 5 分鐘即達
網頁：www.kurayoshi-kankou.jp/tourplan/5

這裡還有古物賣，價錢亦不貴。の器

百年古民家咖啡廳
15 久樂

平時我們喝咖啡是加糖的，而這裡是加入紅豆蓉來增加甜味。

地址：鳥取縣倉吉市新町1丁目2424-2（赤瓦五號館）
電話：0858-23-1130
時間：9am-5pm
交通：JR倉吉站搭乘路線巴士「市內線西倉吉方面行」
　　　約12分鐘，於「赤瓦·白壁土藏」站下車走約5
　　　分鐘即達

這家歷史有點悠久的古民家咖啡館──久樂，位處於赤瓦五號館內，是一家集文創工藝與咖啡廳於一身的老店。上層是喫茶休憩的咖啡廳，下層是售賣民間手工藝品的小小商店區，讓大家在喝咖啡的同時，也能逛逛小店看看不同的手作工藝。久樂的招牌咖啡是石臼咖啡，客人可以即場用石臼親身手磨咖啡豆，石臼的粗幼質感隨你喜歡，喜歡嘆咖啡的朋友絕對不容錯過。

這裡的咖啡豆是用石磨來磨的。

16 參觀紅楚蟹拍賣
境港魚市場

紅色帽子的便是出價的人

鳥取的紅楚蟹非常有名，一年中由9月到翌年的6月都可以吃到，其他日子則禁止捕獲，產量更是全日本之冠，因此鳥取縣也被稱為「蟹取縣」。好多人都喜歡參觀魚市場拍賣，到了鳥取的蟹季，來到境港便可以看到蟹的拍賣。但大家要先參加導賞團，早上7時在境港魚市場集合。所有人都要跟著導賞員走，也不要亂摸東西，拍賣以暗標方式，所以會比較平靜，一般10分鐘左右便完成，當然還可以看到其他魚類的拍賣。

地址：鳥取縣境港市昭和町9番地33 流通會館
時段：7am-7:50am（人數2-10人）、9am-9:50am（人數2-30人）；12月21日至1月10日、8月12日至17日休息
交通：JR境港站步行25分鐘、的士5分鐘或搭乘巴士於「境港水産物直売センター・境港港湾合同庁舎」下車（巴士第一班為8:02am）
網頁：sakaiminato-suisan.jp
費用：300日圓（須預約）
※疫情關係，境港魚市場導賞團已暫停至另行通知

通常你會看到蟹會反轉來放，避免蟹膏流出來

紅楚蟹

17

No.1 海鮮丼
お食事処 かいがん

白いかウニ丼（白魷魚海膽飯），2000日圓，鳥取的海膽也令人驚喜。

特選海鮮丼定食 2000日圓，適合貪心的你。

かいがんは這裡的人氣海鮮丼店，有不少媒體報導過，也在日本飲食網站長期高分數，是值得一來的餐廳。他們更有提供蟹放題，60分鐘 3300 日圓任食。一早來的話又未必吃得下，這樣可以點這裡的

かいがんは這裡的海鮮海鮮丼。這裡的海鮮丼由 1100 日圓起，紅楚蟹套餐只要 2090 日圓，因為他們的主要客人都是附近工作的魚販，加上直接從市場買到海鮮，所以價錢實惠。

地址：鳥取縣境港市昭和町 9-20
電話：0859-42-4414
時間：7am-3pm（逢星期二休息，如遇公眾假期則正常營業）

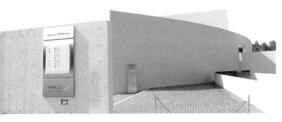

18

日本攝影大師
植田正治
寫真美術館

植田正治先生是日本的攝影大師，因為他在鳥取成長和生活，所以這裡就建了這個美術館來紀念他。如果你不是對攝影很有興趣可能不知道這個人，其實他就是福山雅治的師傅，福山愛上攝影都是植田正治所啟蒙，他更幫過福

山拍過唱片封面。館內收藏了他的作品約12000幅，很多都是話題作品，十分珍貴。美術館由名建築家高松伸氏所設計，他把大山變成建築的一部份，從館內有多個位置都可以看到大山。

地址：鳥取縣西伯郡伯耆町須村 353-3
電話：0859-39-8000
時間：9am-5pm；星期二休息（如遇上公眾假期則順延一天）、12月1日至2月底休息
交通：JR 米子站乘坐計程車，車程約 25 分鐘
網頁：www.houki-town.jp/ueda
門票：成人 1000 日圓、高中生及大學生 500 日圓、小學生及中學生 300 日圓

19 得獎和牛專門店
大山黑牛処強小亭

這家強小亭在米子市，是米芝蓮推介店，他們只會用指定的大山牛牧場的鳥取和牛及大山黑牛。大山黑牛在2017年奪得了全國和牛大賽的「肉質日本第一」稱號，打敗了神戶牛獲得和牛界最高榮譽，質素當然不會差。他們的價格也平易近人，6800日圓是最便宜course，而且讓人吃得飽飽，每一道菜都是以和牛為主。

地址：鳥取縣米子市角盤町1-60-11
電話：0859-30-2989
時間：5am-11pm；星期日休息
交通：JR富士見町站步行7分鐘
網頁：www.kyoshotei.com

前菜來一份鳥取出產的野菜沙拉，就不怕太熱氣了。

前菜也是驚喜，先來生牛肉壽司，店家毫不吝嗇用大大片牛肉來做壽司。

這片牛肉是用來烤的，概念來自壽喜燒，先在牛肉塗上壽司燒汁，然後去烤，烤完後沾了附上的蛋黃和蛋白霜來吃。

這是3人份，是8200日圓的套餐中的烤肉，有三種不同部位。

最後會送上一份和牛炒飯。

環遊大山一周
E-MTB 單車團

踩電動登山車（E-MTB）環繞大山一周，全程 65 公里（累計海拔 2000 米），穿過西日本最大級的櫸木林，途經負離子能量景點奧大山的「木谷澤溪流」療癒身心，品嚐當地河鮮料理，全方位不同角度欣賞這座又稱為「伯耆富士」的日本 100 名山。踩着電動登山車，即使上坡下坡有電力輔

助，依然如履平地。出發前，導遊會先每人派發一部對講機，可以一邊聽著介紹，一邊欣賞沿途景色。單車團每天只接受一組（最多 5 人）報名，若想停下來拍照也可以自由跟導遊提出（如途中因各種原因而行程有所延誤，導遊會按情況安排車輛接送部分路段。）

單車團的午餐，亦是當地的鄉土料理。

地址：鳥取縣西伯郡大山町大山 45-5（集合地點：大山町觀光案內所）
日期：4 月 -11 月　8:30am-4:30am；全程 8 小時（包括午餐及中途休息）
網頁：https://tourismdaisen.com/tour/daisen_gurutto/
費用：15,000 日圓 / 位（已包午餐及保險費用）
人數：2-5 人、每天只接受 1 組報名（身高需 155cm 或以上）

可以慢慢欣賞沿路風光。

©Tottori Pref.

21 大山酒店
Auberge 天空

如果你想在鳥取嘆一晚，住一間好浪漫 feel 的酒店，這間全館只有 8 間客房的 Auberge 天空可能會是你的選擇。這裡有一種 Imperial Suite 的房間，房間有 60 平方米大，有客廳及一張很多女生都夢想睡一次的公主大床，還有一個 60 平方米的露台，露台有一個按摩池，而且還可以看到夕陽，晚上天氣好還可以看到星空，把所有浪漫的元素集合在一起。

地址：鳥取縣西伯郡伯耆町金屋谷 2-1
電話：0859-48-6002
交通：JR 米子站開車 30 分鐘
網頁：www.tenku-kyoukai.jp/auberge
房價：雙人房約 41,000 日圓起，包早晚餐

©Tottori Pref.

©Tottori Pref.

64

在名古屋生活多年，
戒不掉它的溫柔與靜謐

Erica

Erica，「絵里香の名古屋生活～Japan Working
Days」專頁的版主，從小便已喜愛日本的文化，尤其是
動漫、日劇、KPOP等。2015年以working holiday身
份前往日本，摒棄了眾多的熱門地區，挑選了寧謐靜好
的名古屋作為在日生活的首站。在2020年更晉身成日本
人妻，從此與靜岡出生的丈夫定居名古屋，展開恩愛非
常的新婚生活。

Facebook 專頁：www.facebook.com/ericajapanwh

相片提供：Erica

關鍵字解讀

#名古屋

相片提供：◎沙米

名古屋位處於日本愛知縣的西部，是愛知縣的首府，也是中部地區與東海地區的中樞城市，在日本各都市排名第四，僅次於東京、橫濱和大阪。名古屋市又有另一個稱呼叫「中京」，這是由於其地理位置就在東京與京都之間。在名古屋有很多知名的特色美食，例如「なごやめし」、「鰻魚飯三吃」和「味噌豬排」等，都是人氣知名的必吃名單，吸引眾多的旅客前往品嚐。

#濱松

相片提供：◎阿希

濱松市位處於靜岡縣的西部，是Erica丈夫的出生地，也是日本生產水平最高的製造業中心之一。若你買過日本生產的汽車或樂器等，大抵皆是出自濱松市，知名的樂器品牌YAMAHA的總部便設於市內，故這裡也有「音樂之城」的美稱。濱松市內有一山一河一湖，當中最為知名的便要數濱名湖，由於它處於淡水與海水的交處，所以產出的鰻魚界，也較為新鮮肥美。來到濱松市絕對不容錯過美味的濱松烤鰻魚、濱松餃子、濱松的樂器博物館、濱名湖花卉公園、濱名湖畔踩單車等等。

#居酒屋

居酒屋是極具日本特色的餐飲店，與只提供酒品為主的酒館酒吧不同，居酒屋內提供的食物質素較好，而且常有另類特色的招牌小吃推出。人們對居酒屋的印象或許還停留在 1970 年代時，會覺得只有男性上班族才會到訪的喝酒場所，然而，近幾年居酒屋已變得更適合大眾了，愈來愈多女性也開始喜歡到居酒屋內與朋友一起小酌聊天，享用各種特色美味的伴酒美食。

而 Erica 也曾在居酒屋中打工近半年，期間也認識了不少好同事呢。

相片提供：Erica

日本

ワ／味リ

回香港最想做的事……

「好想吃譚仔米線，好懷念飲
茶和香港的街頭小食。我很喜
歡吃辣，但在眾多日本美物裡
仍找不到真正辣的滋味。」
—— Erica

Erica 曾從事香港旅遊發展
局的工作，在機場向訪港旅
客做問卷調查，當中也遇過
不少來港洽商的日本旅客，
她笑言當時對他們未有太深
刻印象。只是，從小便鍾愛
日本流行文化的她，在申請

working visa 時還是挑選
了日本作為其目的地，雖
然經歷過兩次的挫敗，但
終在 2015 年第三次申請時
成功，同年開展了其在日
生活的序章。

放棄繁囂大都市
愛寧謐靜好的名古屋

擁棄港人熟悉的東京與大阪等熱門地區，Erica選擇居住在日本中部，比起繁囂忙碌的城市生活，她更嚮往自在愜意的寧謐調子。她曾提及東京跟香港太相似了，「無論去哪裡人口密度都很高，就跟身處在香港時感覺無異。而且東京很國際化，市民容易接觸到外國人，自然就會較從容且就對方，即便聽到對方日語語法有問題，亦希望自己猜測對方所說的意思，也不願意正面糾正對方。」

然而Erica正正就是不想面對這種「善意」，她希望自己可以變得更獨立些，也希望能有更多機會磨煉自己的日語能力。

與過往於繁華的大都市截然不同，這裡給予她家的溫暖感覺，而且房子周邊的生活配套也不錯，鄰居也很友善。有趣的是自2015年開始，她就從未移居日本其他地區，一直停留在名古屋，就算與日本人相戀並結婚後，亦一直定居在這裡。從未有過離開這裡的想法。

另外，不想居住在大阪的原因則是因當地旅客與香港人太多，加上當時在社交媒體的群組裡找到並參加了一個與大阪等熱門地區的同期聚會，大家互相分享其居日的計劃，在席間聽到有不少申請人都決定居住在東京或大阪，這容易讓自力更生的她，毅然選擇了相對小眾的地方——名古屋。

意料之外的酒吧邂逅
譜出一輩子的港日戀曲

想當初，Erica只打算在日本逗留一年便會返港，想著前半年找些餐飲行業打工儲錢，下半年便可以輕鬆自在地去各處遊玩。只是計劃永遠趕不上變化。素來喜愛小酌怡情的她，某天在當時居住的share house附近找了間小酒吧，準備喝上一杯心愛的長島冰茶，沒想到竟邂逅了現時的日本人丈夫。

他是酒吧內的常客，那天看見她同是形單隻影地喝酒，便大膽地與她攀談，兩人相談甚歡，逐譜出一段微妙的日港戀曲。這一談，便談成了一輩子。她原訂的一年working holiday計劃，終被意料之外的戀情，以及甜蜜的婚姻拖住了步伐。2020年的10月份，Erica更從香港女生晉身成日本人妻，每天都努力地融入日本生活之中。

相片提供：Erica

相片提供：Erica

日本未必適合居住，但肯定適合旅行

「對我來說，日本未必適合居住，但肯定適合旅行。」

談到日本生活時，為甚麼Erica會說出這種話呢？她舉了一個例子，在香港從未看見過皚皚白雪的她，來到日本後初次看見雪花紛飛的夢幻場景，當下她是相當驚嘆與享受的。只是，生活不同於旅行，身為過客的旅人自然不懂當地人處理積雪的苦，翌日起來時看看私家車上、家門前、路上、屋頂上的厚重積雪。想想待會要打掃及處理的工序，心情瞬間被外界寒意同化，昨日的讚嘆與絢麗畫面隨之被抹去。

她笑言「其實，我居住在雪量不多的名古

屋已經算很幸運了。」曾聽住在雪國的朋友訴苦，每逢冬天下雪後，通常都是聽著除雪聲醒來而不是鬧鐘，為了方便清早時汽車或行人走動，一般在凌晨時份除雪車便已開始運作，辛勤地把道路上的積雪剷去，然而對當地居民來說，別以為處理掉這些事就能放鬆了。屋頂上的積雪又是另一個難題，隨著雪慢慢融化，冰塊會很容易掉落，這時候又要趕緊去清理乾淨，不然冰融化成水後會讓地上變得濕滑，若再度結成冰的話，所看到的風景與想

生活上，總能遇上不少的難題。又如，初到日本的時候，Erica要開設銀行戶口及辦理電話號碼等瑣事，前者需要後者來登記，後者又需要前者來辦理，幾番解釋後，在銀行職員的通融下才得以順利辦理，但也搞得她無奈非常。雖然日本人在處理事情上容易一板一眼且過於繁複，但是她在區役所登記做名古屋市民時，也遇上溫柔且耐性十足的工作人員，幫了她不少忙。世間萬物皆有兩面性，如同「塞翁失馬，焉之非福」的故事，以另一觀點角度來切入的話，所看到的風景與想法亦不盡相同。

人安危。

法亦不盡相同。

70

苦樂參半的生活瑣事
點點滴滴都是珍貴回憶

相片提供：Erica

相片提供：Erica

在日本生活後，Erica還發現了許許多多與原來想像不同的玩味事情，當中苦樂參半。進入職場後，她才發現原來在傳統的小公司裡，雜務都是由女性職員輪流來做，兩人為一組並每週輪班更替。一般雜務涵蓋了什麼呢？例如有客戶來時要泡茶及奉茶、更替每天的報紙架、每天預先沖泡好咖啡及茶、下班前清洗乾淨咖啡機及茶機、加濕器加水等瑣碎事項。

而且，日本人有時候甚至會把日語能力與工作能力相比擬，認為日語能力好才能快速解難，雖然當時Erica已有N2的日語能力，但是對她來說這只是入場的門檻。即便你考到N1的口語能力，畢竟以往在教科書上所學到的日語與日常中所使用到的日語不太相同，N2的能力也只能應付居酒屋或便利店的工作。若是要進入文職等場所，N1的口語能力僅是入場券，最終還是要視乎個人的口語水平能否達到公司的需求。所以，直至現在Erica仍持續努力地提升自己的日語水平與流暢度以勝任現時的崗位，邊學邊做邊提升個人能力。

在生活上，她則發現原來日本女生真的非常注重儀容打扮，在跟男朋友見面前，一定會妝點妥當才出門，絕對不會素顏地跟男友約會。而且，日本女生也相對沒那麼沉浸於熱戀之中，與香港女生不同，無論是否情侶都不喜歡天天見面約會，一般而言一週相約兩次便已足夠。Erica更透露「跟日本女生對比之下，丈夫覺得我很容易就滿足，不像日本女生常常會希望在裝潢時尚可愛的Cafe約會。」原來，在日本人約會時也有既定的習慣，一般都是由男生來構思及安排當天的行程，若是男生懂得約到可愛華麗的Cafe，女生會覺得讚嘆該男生「センスがいい（有品味）！」所以，對約會場地沒有過多的要求，比較著重兩人情感昇華及相處和諧的Erica讓其丈夫眼前一亮，更為之而傾心。

隨著時日推移，Erica在日本已居住了六年之多，慢慢地也積極地把自己融入進這個獨特的社會之中，誠如她所說：「雖然在日本旅行跟生活截然不同，也許居住後有很多瑣碎事件會打破從前的幻想，但是能不能與這個文化兼融，關鍵還是在於有沒有用心，很多事情都是需要先主動才能有後續的故事。」

Erica 推薦景點

愛知 三重 奈良 大分 福井 京都

相片提供：Erica

相片提供：Erica

1 國寶級城堡
愛知 犬山城

相片提供：Erica

位於愛知縣內的犬山市，是名古屋東北部的小城鎮，當中最廣為人知的景點非「犬山城」莫屬，是現時日本境內保存歷史最為悠久的城堡。雖然在日本不難找到古老的城堡建築，但有不少都是重新復修回來的，未經過重建的只有12座，而犬山城便是其中之一，更獲列入為日本國寶。

犬山城建於1469年，當時又名為白帝城（名字來自唐代詩人李白作品中的白帝城，因地理環境都很相似），也是現存的天守閣中最悠久的一座。到了明治廢藩之後，因為日本政府無力修復，犬山城交由私人管理，也是日本唯一一座私人擁有的城堡，直至2004年才移交給財團法人犬山白帝文庫保管。Erica 推介在犬山城附近有條古色古香的城下町，町內可以找到和服出租的小店，在紅葉季節換上和服前往犬山城拍照一流。

地址：愛知縣犬山市犬山北古券 65-2
電話：0568-61-1711
時間：9am-5pm
休息：12 月 29 日至 31 日
交通：名鐵犬山遊園站步行 15 分鐘
網頁：inuyama-castle.jp
門票：550 日元、600 日元（城下町周遊券）

相片提供：Erica

相片提供：Erica

恍如環遊世界一趟！
2 犬山市 野外名族博物館
little world

相片提供：Erica

相片提供：Erica

相片提供：Erica

位處於犬山市的「野外名族博物館 little World」，是一個以世界各地民族的文化和生活作為主題的博物館。在這裡可以看到不同國家的特色建築，本館展廳還展示著自全球70多個國家收集回來的展品，多達6000多件。

此外，旅客還有可以在各區內試穿當地的民族服飾，以及試食各國的特色料理，走完一轉恍如環遊了世界一趟，非常有趣。此外，每個季度還會舉辦馬戲團、音樂會及民族舞蹈等表演項目，出發前不妨上官網查看最新消息。

地址：愛知縣犬山市今井成澤90-48
時間：3月至11月 9:30am-5pm、
　　　12月至2月 10am-4pm
交通：從JR東海道新幹線「名古屋站」下車後，走到的「名鐵巴士中心」轉乘高速巴士往 Little World 約60分鐘，於「Little World」下車即達
網站：www.littleworld.jp
費用：成人1,700日圓

相片提供：Erica

相片提供：Erica

相片提供：Erica

相片提供：Erica

相片提供：Erica

相片提供：Erica

相片提供：Erica

3

陶器之城

愛知縣　常滑市

若你鍾愛陶器的話，就一定要到愛知縣的「常滑市」逛逛，這裡可是擁有千年歷史的陶器之城，也是日本六大古窯之一。常滑專門出產朱泥陶器，名氣相等於佐賀知名的「有田燒」。在常滑燒的繁盛時期，這個小小的市鎮內就有多達 400 根煙囪，雖然現時，這些大大小小的窯已經不復再，剩下為數極少的仍繼續延續常滑燒的技術。

為了讓大家重新認識及推廣常滑燒，常滑市以同樣有名的招財貓為主題，分別設計出兩條主題散步道。建議逗留時間不久的朋友，可優先選擇 A 路線，該路線地圖在名鐵常滑站的觀光中心內便可索取，非常方便。

地址：愛知縣常滑市榮町 3-8
電話：0569-35-2033
時間：9am-5pm；12 月 31 日至 1 月 1 日休息
交通：名鐵常滑站徒步約 10 分鐘
網頁：www.tokoname-kankou.net/contents/miru01-09.html

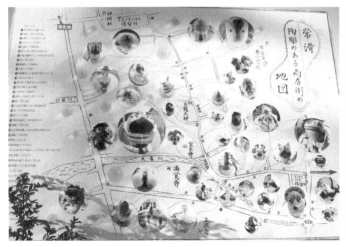

相片提供：Erica

開運招福
早川 さとみ
Hayakawa Satomi

無病息災
間野 文子
Mano Fumiko

4

來自三重縣的梅花仙境！
鈴鹿之森庭園

相片提供：Erica

地址：三重縣鈴鹿市山本町 151-2
時間：9am-9pm（5pm 開始點燈）
網站：www.akatsuka.gr.jp/group/suzuka/
費用：成人 500 日元至 1500 日元、小學生半價。
　　　（票價會隨開花狀況調整）
＊現時因疫情關係而暫時停業

每年 2 月下旬至 3 月下旬，位處於三重縣的鈴鹿之森庭園便會吸引大批的賞梅人士，大家都是對期間限定的梅花絕境翹首期盼。園內植有 200 多株的枝垂梅，以艷麗的八重梅品種「吳服枝垂」為中心，由赤塚植物園栽培研究並打理庭園。當梅花綻放之際，

垂墜得有如煙花之狀，嬌美而豔麗，難怪能吸引到人們的注目。若站在眺望台上，更可以同時欣賞鈴鹿七大名山與梅花花海共舞的視覺饗宴。到了晚上，腳邊的燈籠型 LED 照明更會為梅樹投射柔和的燈光，場面夢幻又浪漫。

相片提供：Erica

地の龍

5 日本最大規模的璀璨燈飾花園
三重 名花之里

相片提供：Erica

相片提供：Erica

位處於三重縣的名花之里（なばなの里），是日本國內最大型的夜間燈飾展覽，已連續三年獲得全國燈飾排名第一的美譽。在這裡一年四動都能欣賞到各式花卉，春夏秋冬任意挑一季節出發都不會失望。例如春天時，園內繁花綻放，除了粉嫩浪漫的櫻花外，還有琳琅滿目的花種，例如梅花、河津櫻、枝垂櫻、水仙、鬱金香、玫瑰、繡球花、菖蒲花等等，自3月至7月都能依次瞧見它們的美態。在11月中旬至3月上旬之際，園內更會舉行日本最大規模的燈飾展，當中以光芒萬丈的光之隧道最深得Erica喜愛，美得讓她樂而忘返。

地址：三重縣桑名市長島町駒江270
時間：9am-9pm
交通：從名古屋名鐵巴士中心乘搭高速巴士（名鐵巴士・三重交通）約30分鐘
網站：www.nagashima-onsen.co.jp/nabana/index.html

相片提供：Erica

相片提供：Erica

日本古都

6 奈良

奈良，是日本於8世紀時的首都——平城京，是繼古色古香的京都之後，另一個開名國際的日本古都。4世紀中葉，日本統一成一國後，便將首都選定在奈良盆地南部的飛鳥地區。自八世紀起，奈良市逐漸成為日本的政治與經濟中心後，便遷都至平城京，即現時的奈良市。

現時的奈良是日本的佛教信仰中心，在這裡可以找到很多歷史悠久的寺廟，當中也不乏世界文化遺產及世界最大木造建築的東大寺，都是廣為人知的熱門景點。

事實上，奈良與中國的淵源頗深，在西晉太康10年（289年），東學的五行和四象之說漢漢獻帝的玄孫——劉阿知率領家族東渡，來到日本避難。當他到達日本後，便獲得日本天皇賜號「東漢使主」，並定居於大和國高市郡檜前村，而這條檜前村就是今時的阿知宮至今仍被天奈良縣的位置，當保留著。據說，在昔日建都之時，日本人也曾參考過中國風水來興建。

相片提供：Erica

網站：www.japan.travel/hk/destinations/kansai/nara/

交通：JR 大阪站乘搭 JR 京都線往京都，站內轉乘 JR 奈良線前往奈良站。

　　　或 JR 大阪站乘搭 JR 大阪環狀線的特別班次直達奈良

7

8 種不同主題的溫泉樂園
大分縣 別府地獄めぐり

一片血紅色的『血の池地獄』。
相片提供：Erica

鬼石坊主地獄。
相片提供：Erica

在大分縣別府市內有一個人氣度爆燈的景點——「別府八湯」，那裡設有八種不同主題的溫泉，無論從溫度乃至顏色上都不盡同樣，讓人非常驚艷。

為甚麼這裡會叫作「地獄」呢？這便要追溯自佛教的影響了……古時人們看見地上噴出蒸氣和熱水的溫泉時，產生這裡是地獄的錯覺，因此便獲得這個有趣的名稱。

場內溫泉的種類有八種，分別有澄藍色的「海地獄」、隨季節而轉變色彩的「かまど地獄」，儼如一小型動物園的「山地獄」與「鬼山地獄」，會湧出泥漿的「鬼石坊主地獄」、以及一片血紅色的「血池地獄」和會噴出150度熱水的「龍卷地獄」。想要把這八個溫泉都走過的話，至少要花上半天的時間才足夠，建議大家可以選購一張共通券（2000日元），可以愜意地遊過這八種溫泉。

網站：www.beppu-jigoku.com
交通：JR別府站乘巴士於「海池獄」或「血池地獄」站下車

恍如湖水般絢麗的「海地獄」。
相片提供：Erica

相片提供：Erica

豪吃鮮美海產的美麗地方
8 福井縣

位處於日本北陸地區的福井縣，距離關西不遠，從敦賀前往京都需時約一小時，將其安排成日歸小旅行也是不錯的選擇。

Erica 喜愛福井的最大原因便是海鮮，這裡的越前蟹是名物之一，地理上臨近日本海，也能吃到各種時令新鮮的海產美食，絕對是吃貨們不容錯過的地方。

在福井縣北部的沿岸地區還有一個知名的景點「東尋坊」，由於常年受海浪侵蝕而形成了很多奇岩怪石，各具特色，喜愛自然美景的朋友不妨前往看看。另外，福井知名的還有恐龍博物館，館內的恐龍模型還會活動起來，十分逼真有趣，就算是成熟如 Erica 在館內也不禁童真起來，充滿好奇心。

網站：www.fuku-e.com/lang/chinese_t/
交通：從東京出發乘搭北陸新幹線至金澤，轉乘 JR 北陸線 Thunderbird 特快列車至福井站；從大阪出發乘搭 JR Thunderbird 特快列車至福井站，約 2 小時車程

相片提供：Erica

相片提供：Erica

相片提供：Erica

相片提供：Erica

相片提供：Erica

相片提供：Erica

9 京都散策好去處
神秘唯美的嵐山

京都的嵐山是旅客都熟知的知名景點，從京都市中心出發約坐20分鐘的火車，便能到達這個充滿山水之美的嵐山地區。相傳，嵐山早在平安時代便廣受王公貴族所喜愛，有不少文人雅士也喜愛到這裡遊覽渡假，在日本古典文學《源氏物語》中也不乏描寫皇室在此地活動的文字段落。這裡的熱門景點如渡月橋、竹林之道、野宮神社及天龍寺，相信大家都耳熟能詳，但原來在春秋二季，這裡也是賞楓與賞櫻的名所之一，場面熱鬧。

網站：www.japan.travel/hk/destinations/kansai/kyoto/sagano-and-arashi-yama-area/

交通：JR京都站乘JR山陰本線往嵯峨野嵐山站。如乘JR從大阪站到京都站轉乘，則不需要出閘，直接在月台上轉車即可。或於河原町站或烏丸站，乘阪急京都線往「桂」，再轉嵐山線列車到嵐山站

相片提供：Erica

相片提供：Erica

84

把旅行目的地變成家
從大城市跳入農村

Eummie

中學時因爸爸要到日本工作關係，她也跟著去日本留學，自此說得一口流利日語。後來回港工作，因緣際會獲得「尾畑酒造」聘用到新潟工作。現在於新潟縣佐渡生活，協助「尾畑酒造」的宣傳工作，並經營著cafe和農泊，向自己的夢想邁進。

個人網頁：www.eumifairy.com/
Facebook: www.facebook.com/eumifairy

相片提供：Eummie

關鍵字解讀

#新潟縣

新潟縣位於本州中部日本海側的北陸地方，全縣可細分為上越地方、中越地方、下越地方、佐渡地方等四個地方，其面積在各個縣當中，是排行第5位。古時新潟的名字是「越後國」與「佐渡國」，後來新潟當地自江戶時代開始常使用「新潟」這一寫法。然而隨着印刷技術的普及和「潟」字在1981年被納入常用漢字，「新潟」這一寫法已較少出現。新潟縣官方為此特地公告正名，要求使用「新潟」這一正確名稱，避免再寫成「新泻」或「新瀉」。

相片提供：◎沙米

86

©JNTO

#佐渡島

佐渡島是位於日本海東部的一個島嶼，屬日本新潟縣管轄，島嶼形狀像「S」字，北面為大佐渡地區，南面為小佐渡地區。佐渡島位處於寒、暖流交會之城，因此海產十分豐富，包括寒鰤魚和蠔等。原來從前佐渡島曾經用來作囚犯流放區，後來因為在佐渡發現金礦之後便一躍成「佐渡金山」，四方八面的人都蜂湧而來。從新潟出發搭船前往佐渡島約需1至2小時，可以簡單的規劃一個2天1夜的佐渡島小旅行。

#農泊

農泊和民宿有點不一樣，農泊簡單來說是住在農戶的家裡，同時享受在日本務農的體驗。日本有很多豐富的天然資源，很多日本人仍然過著務農的生活，因此有著各式各樣的農、水產物的生活。這些勤奮的農漁民們將自己的生活融入觀光體驗活動中，讓觀光客除了可以深入體驗日本文化，和當地農漁民交流，更能享受自己辛勤勞動之後的甜美果實，品嘗道地的日本傳統鄉村料理，是一個近年很流行的旅行模式，更能體驗當地人的生活。

相片提供：©沙米

Eummie 從小就種下和日本的緣，十七歲的時候因為爸爸的工作關係，她往日本留學，對日本結下了不解緣。因緣際會，她又再次踏上這遍土地，本來只是為了想轉換一下工作環境，後來在 2020 年因為「尾畑酒造」聘請了她，於是她前往新潟縣工作。後來她和丈夫伊藤先生一起經營 cafe 與農泊，為夢想努力著。

回香港最想做的事……

「想吃雞蛋仔，和自己的比較一下，哪個好吃！現在我已把雞蛋仔帶到佐渡島了！」
— Eummie

相片提供：Eummie

由大城市跳入農村
學習與動物共生

大部人去日本工作，多會選擇大城市，因為工作機會也多。Eummie 卻無心插柳，因為新潟佐渡島的「尾畑酒造」聘請了她擔任宣傳及翻譯工作所以她來了一個對於香港很陌生的地方——佐渡島。她說剛來到新潟的時候，只知道這裡是農村，是以種植米為主要地方，到處都是農田，自己也得慢慢學習新的生活。

這裡也沒有百貨公司，公共交通工具少，幾乎沒有夜生活的地區，跟繁華節奏急速的香港很大分別。說起交通，Eummie 最不習慣是交通問題，因為在佐渡島一定要開車，香港交通方便幾乎不用開車都可以周圍去。她花了很多時間習慣開車的生活。在農村這裡的生活，走出屋外，晚上非常平靜，黑漆漆的伸手不見五指，跟五

相片提供：Eummie

相片提供：Eummie

光十色的香港，是兩個世界。

問Eummie佐渡島是個怎樣地方，她說發現佐渡島是個環保小島，這裡的人為了保護朱鷺做了不少環保活動，這種鳥是日本的象徵，很多日本傳統的畫作上都會見到牠，現在是日本國家天然記念物。在1981年時，日本曾經只剩下五隻由國家保護的朱鷺，後來中日合作人工繁殖成功，此後由佐渡島來保護朱鷺，現在有500多隻朱鷺在佐渡島生活。除了朱鷺，佐渡島在種植稻米方面，所使用的農藥及化學肥都比日本其他縣少一半，佐渡島之所以有著這樣動人的大自然，也是島民注重和動物共生的成果。

傳統日本職場生活 規矩多又嚴格

Eummie本身是SSI國際唎酒師，也擁有這個機構的日本酒講師資格，在香港經常幫日本人舉辦關於清酒時提供給大眾學習釀酒的活動，因為工作上認識了「尾畑酒造」的老闆，知道他們的酒造在招聘，加上她自己已多次自費前往佐渡島去過尾畑酒造也住了一星期於酒造，對於他們已有認識，而且Eummie也想往日本長住一段時間，在天時、地利、人和的情況下，老闆問她要不要試幫他們工作，因為他們正想聘請一位像Eummie的人，就這樣得到了這份工作。

Eummie最初工作的地方「尾畑酒造」已有百年歷史，很專注以傳統方式釀酒，自然工作模式多年來也沒有太大改變。她說：「我來酒造是協助觀光的事務，專門帶觀光客參觀酒造，負責外國人的部份。他們還有一個『學校藏』的部份，也是酒莊同時提供給大眾學習釀酒的地方，我也需要在這裡幫忙。後來因為疫情沒有了觀光客，我便改為負責網上的推廣工作，協助他們與香港的供應商聯絡，他們有什麼需要我幫忙都會去做。」

Eummie舉了個例子，酒造有一件每天都要做的事，就是「早禮」。酒造有「早禮」的習慣，即是早上集會，每天的「早禮」上，大家要匯報生意上，接著每人要讀一段酒造的宗旨「幸福釀造清酒的心」，最後每人要用外語英語或中文說出「多謝」、「歡迎光臨」等說話。

Eummie笑說：「感覺有點像軍人生活，也許自己比較任性，始終自己習慣起來。」

Eummie初來這裡，因為日本傳統公司的規矩較多，對員工的要求也比較嚴格，早到上班和加班也是常見的事，加上工作模式單一，她不太習慣這種生活。後來她改了以合約模式和酒造工作，才相對輕鬆一點，職場上的文化差異，也是令人頭痛的地方，始終這裡並非大城市，工作大多一板一眼，是和香港的靈活多變，兩種截然不同的風格。

不過，她說日本人大多都很熱愛自己的工作，大家都「敬業樂業」，而很多時「一腳踢」，自己的位置由自己負責，打掃清潔、茶水、收拾抹枱、換燈膽等等，而且也毫無怨言，這些都和香港很不一樣。

島民願接受新事物　試著改變自己

一個短時間裡渡過，相反，來到這裡生活，可以放慢節奏，慢慢地和這個地方融合，Eummie會開車周圍走，發掘一下這裡的個性，又或者在平靜的環境中創作自己的小品，為另一個夢想進發。不過她說，也計劃過香港和佐渡島兩邊走，始終香港的工作機會比較多，希望可以取得一個平衡，始終來這裡生活跟旅行很不一樣，旅行會望可以取得一個平衡吧。把最美好的事都放在吧。

說起Eummie的丈夫伊藤先生，問及她和日本男生相處會不會跟地和這個地方融合，說香港男生有不同，她因為這裡已經變成自己的家了，不再是過客。在放假的時候，而是雙方家人會不會接受到大家的傳統習俗，只要取得平衡，也沒有太大問題。她笑說，還有幸方方接受到她的任性行為和態度，所以相處上也沒有很大的矛盾呢！

雖然不太適應職場上的生活，Eummie也試著改變工作模式，除了與酒造改成了合約的模式外，她還嘗試成全自己開一間咖啡店的願望。她也得到丈夫的支持，和伊藤先生一起以最少的限制來經營農泊和Cafe，好好融入這裡的生活，也希望和島民及觀光客，透過她的cafe和農泊，一起交流分享。

Eummie說，雖然這裡是鄉下地方，但島民非常願意接受新事物，也不抗拒外國遊客，可能因為人口老化問題嚴重，島民較少機會接觸新的東西，所以很樂意和外來的人交流。近年新潟縣也大力握廣佐渡島，這裡讓很多香港人認識，Eummie也希望香港人可以來這裡感受大自然，和過一下簡樸的生活，她的農泊和Cafe或許可以充當這個橋樑吧！

相片提供：Eummie

Eummie 和丈夫開的民宿與 cafe：https://miraisato.com/

相片提供：Eummie

Eummie 推薦景點

宮佐福兵奈新
崎賀岡庫良潟

相片提供：Photo-AC © ちゅらりんこさん

新潟的山古志村，冬天時積雪很深，也是著名的錦鯉養殖地。
相片提供：◎ 沙米

雪之國 新潟

1

清津峽溪谷隧道「光之隧道」。
相片提供：◎ 沙米

經常會聽到日本人說「雪國新潟」，新潟的雪真的跟其他地方不一樣，又綿又乾爽，每逢冬季，很多人專誠從世界各地來到這裡享受滑雪的樂趣。

除了雪，新潟的米和酒也是聞名全球。根據 2018 年日本農林水產的報告，新潟的稻米產量更是全日本第一！他們出產的「越光米」更是聞名全世界。新潟酒在日本國內也是數一數二，在新潟內就有多達 90 個日本酒釀酒廠。除了吃的，新潟的工藝也是讓日

本人自豪，他們有出產「燕三条」金屬器具，其實「燕三条」是「燕市」與「三条市」的合稱。「燕市」是日本產出最多餐具、鍋碗的地方，而「三条市」則是日本重要的金屬加工、機械製造地，兩地關係非常緊密，因此合稱為「燕三条」。近年，新潟的大地藝術祭多了很多人認識，跟四國瀨戶內海藝術祭一樣，每年吸引了很多世界各地的人前往，當中作品清津峽溪谷隧道「光之隧道」更成為了 IG 的爆紅景點。

網頁：https://enjoyniigata.com/
前往新潟交通：從東京出發乘新幹線只要 1 小時 20 分鐘便可抵達新潟縣

新潟瓢湖。
相片提供：◎ 沙米

傳統的「盆舟」小船。
©JNTO

2 淘金小島 新潟佐渡島

前往「佐渡金山」可以
了解當年淘金的歷史。
©JNTO

網頁：www.visitsado.com/tw
前往佐渡島的交通：從JR新潟
站乘巴士到新潟港，再轉乘船前
往佐渡島兩津港

佐渡島位在日本海東部，是隸屬於新潟縣的一個離島，北面為大佐渡地區，南面側為小佐渡地區，中間則是國中平原，分為相川區、兩津區、國中區、前濱區以及南佐渡區。佐渡島處於寒、暖流的交會點，擁有很多豐富的海鮮，如寒鰤魚、蠔等，喜歡吃海鮮的人一定不可以錯過。其實佐渡島原本是作為囚犯的流放區，在挖掘出金礦後「佐渡金山」為人所認識，一躍而成

日本最大的金礦產地，很多人千里迢迢的來到這裡「挖金」。在佐渡島上大家可以體驗到他們傳統的「盆舟」小船，是當地人用來出海採集海膽、鮑魚和海帶的工具，在電影《千與千尋》也有出現過呢！從新潟出發搭船前往佐渡島約需一至2小時，從東京出發來到新潟大概是1小時20分鐘，去東京玩的時候，不妨來一個佐渡島的3天2夜小旅行呢！

相片提供：Eummie

©JNTO

賞櫻名所 奈良吉野

春天的時候，賞櫻是日本人必定會去做的活動，而關西一帶更有許多賞櫻名所，可能大家都會認識京都，但原來遊客好喜歡去的奈良，也有很壯觀的櫻花觀賞。奈良縣中部的吉野山裡擁有3萬棵白色山櫻，每年春天的時候，大概3月便開始會陸續順著山勢，從山麓、下千本、中千本、上千本到奧千本，由下而上陸續綻放出漂亮的花朵，滿開時非常壯觀。在櫻花季期間，被譽稱有「一目千本」的美景，每天都會吸引上萬觀光客專誠來這裡賞櫻。吉野山除了有櫻花之外，還有上有許多神社和寺廟，一樣很值得大家參觀。

網頁：www.yoshinoyama-sakura.jp/
前往吉野山交通：近鐵吉野線吉野車站搭乘吉野山纜車約3分鐘，於吉野山車站下車便會抵達下千本區域。

©JNTO

相片提供：Photo-AC©ちゅらりんこさん

美麗海港與美味的神戶牛
兵庫縣

4

美麗的神戶港灣。
©JNTO

神戶位於兵庫縣的太平洋海岸，是日本重要的港口城市，長期以來一直是國際貿易的中心。在日本鎖國時期，神戶是一個開放的港口，因此有很多外國人集居於此，形成這裡有著異國風情的氛圍。除了洋溢異國風情，世界文化遺產姬路城這也位於兵庫縣，姬路城不是前身）。

是徹底由古到今留下來的歷史建築。再往內陸走，你會來到山腰處，遇見被稱為「日本的馬丘比丘」的竹田城舊址。如果想要體驗極致的泡溫泉的樂趣，可以去到有馬溫泉或城崎溫泉吧。當然少不了神戶有名美食神戶牛肉和明石燒（據說是章魚燒的後期重建的城堡，而

網頁：www.travelhyogo.org.t.aas.hp.transer.com/
前往兵庫縣交通：從大阪搭乘 JR 前往神戶約 22 分鐘

世界文化遺產姬路城。
相片提供：© 沙米

日本三大古湯之一的有馬溫泉也在兵庫縣。
相片提供：© 沙米

播州赤穗駅
相片提供：CC 授權 ©663highland

兵庫縣南端
赤穗市
5

赤穗市比較少遊客認識，位於兵庫縣的最西南端，西面與岡山縣接壤，日本百所名川之一的千種川覆蓋全境。從前的赤穗市是屬於吉備國，亦即今岡山一帶，後來到吉備國被分割時，即今被列入播磨國。赤穗市南向播磨灘，海岸線佔據瀨戶內海國立公園的一角，過去曾經設有赤穗城。這一帶氣候溫暖少雨，屬於典型的瀨戶內海氣候。過去的赤穗曾以發展鹽田最為人所認識，因為這一帶雨量少晴天日子又多，當時這裡生產的「赤穗之鹽」分銷到日本各地去。

網頁：https://ako-kankou.jp/tw/
前往赤穗市交通：大阪搭乘 JR 於播州赤 車站約 1 小時 40 分鐘。從岡山乘 JR 於播州赤穗車站約 1 小時

赤穗城本丸庭園。
相片提供：CC 授權 ©663highland

© 佐賀縣觀光連盟

6 陶瓷故鄉 佐賀伊萬里

佐賀縣除了有田燒之外，伊萬里燒一樣非常有名。伊萬里地區大約於1600年便開始製作瓷器，直到1675年，當時佐賀藩藩主——鍋島家，為了燒製技術不向外流出，便直接把御用窯從有田搬遷到伊萬里大川內山裡，那裡有群山作天然屏障，也從此把這裡的陶瓷製作變得繁

榮起來。現在伊萬里和有田並列為陶瓷代表產地，在伊萬里市中心便四處可以見陶器的裝飾，而且來這裡買陶器當然比較便宜一點。

伊萬里燒。©JNTO

網頁：www.asobo-saga.tw
交通：JR佐賀站搭乘佐世堡線到有田，再轉乘松浦鐵道西九州線於伊萬里站下車，車程約1小時45分鐘

© 佐賀縣觀光連盟

JR博多車站，江戶時代「福岡」和「博多」是兩個地方，到了明治時代才合併起來，但當時JR九州已定車站名為「博多」了。相片提供：◎沙米

九州交通樞紐 福岡

7

福岡是連接日本本州的交通樞紐，位於九州的北部，也是九州的代表性地區，幾乎進出九州都以JR博多車站為主要車站。福岡集消閒娛樂、觀光、購物、美食於一身，博多的屋台及拉麵更是舉世知名，所以福岡也曾多次獲選為亞洲最佳城市。九州七縣都是臨海地區，福岡市也不例外，同樣擁有迷人的海港。一般較熱門的景點集中在博多站周邊、中洲、川端、天神及太宰府。

古時福岡名叫「筑州」，那時屬於筑紫國與豐前國（現大分縣北部和福岡東部）一帶。後來在七世紀末又分筑前與筑後國，遂統稱為「筑州」。在關原之戰後，黑田長政因為戰功而受德川家康封給筑前國領地給他，他把以他本來自備前國（現岡山縣一帶）福岡莊的名字，作為這城堡的名稱，而且為「在丘陵上的福地」。

守護著福岡的櫛田州神社。
相片提供：◎沙米

除了櫻花和楓葉外，紫藤花也是很多來福岡的原因。
©JNTO

海の中道海浜公園，每年吸引不少人來賞花。
相片提供：©沙米

宮崎縣擁有美麗的海岸線。
©JNTO

神話之鄉
宮崎縣

8

宮崎縣的面積達7734平方公里，面積是全國排行第十九名，位於九州的南部，東面是太平洋，南接鹿兒島，西接熊本縣、北接大分縣。在宮崎縣內有很多著名的神社，而宮崎神宮更是祭祀日本第一代天皇神武天皇的地方。這裡有許多神社，主要是跟很多神話故事有關，例如有天岩戶神社和高千穗神社，而觀光列車海幸山幸的概念也是來自宮崎的神話故事。宮崎面向太平洋的一面為日南海岸，除了有美麗的海岸線，還有青島、都井岬等不可錯過的風景區。

高千穗位於宮崎的北面，是個人氣的景點。
©JNTO

鬼之洗濯板，是宮崎縣裡其中一個大自然奇觀。
相片提供：© 沙米

網頁：https://zh-hant.visitmiyazaki.com/
交通：從 JR 鹿兒島中央站搭乘火車到宮崎站，車程約 2 小時 10 分鐘

Ken San

回到「鄉下」 從「鄉下」出發

前旅遊記者，因為工作接觸日本太多，把日本當成「鄉下」，很喜歡日本人的那份人情味，最後決定去日本發展他的事業。由於寫得太多食玩買，他愛上了日本東北，很想深入了解鄉土文化和傳統技藝。現在於大分縣宇佐市居住，為宇佐市的觀光宣傳推廣人員。

關鍵字解讀

©JNTO

#大分縣

大分縣，位於日本九州東北部，溫泉數量和湧出泉量皆是日本第一名，更以「日本第一溫泉縣大分」作為觀光宣傳口號。特別以面向別府灣的別府溫泉和位於大分縣中央的由布院溫泉，在日本有相當高的知名度，而別府更是著名的「地獄溫泉」的所在地。大分的北部是國東半島。那邊有神聖的宇佐神宮，而內陸地區則有與熊本接壤的九重町。也是充滿鄉村氣息的小鎮。從福岡到大分大概2小時的車程。

相片提供：©沙米

#宇佐

宇佐市是大分北部的一個地方，那裡有神塞，也由此發展出了聖的宇佐神宮，這是全日本4萬座八幡宮的總本社，每年吸引了許多人前來參拜。宇佐在古時便可經由內海的與首都相通，更經由陸路與東亞的地區與及擁有廣大平原的宇佐地區。

為一個重要的交通要玄關口——太宰府（福岡）往來，這樣便成神「神佛融合」的八幡神文化。宇佐市主要分為三大地區，包括：有著許多大大小小的峽谷的院內地區；以盆地為中心的安心院

東北非常有名的銀山溫泉，位於山形縣。

#日本東北

一般日本東北，是指日本東北部的六個縣，包括：宮城縣、山形縣、福島縣、岩手縣、秋田縣和青森縣，總面積約佔本州的三成。

#311

「311」是指東北地方太平洋近海地震，事件發生於 2011 年 3 月 11 日星期五，在日本時間下午 2 點 46 分發生日本東北地方外海三陸沖的矩震級為 9.0 的大型逆衝區地震。震央位於在宮城縣首府仙台市以東的太平洋海域，震源深度測得數據為 24 公里，並且引發最大溯上高 40.1 公尺的巨大海嘯。這場地震是日本有觀測紀錄以來第一個震級超過 9 的地震，也引發的巨大海嘯，加上導致的一系列災害（包括福島核災），影響大規模的地方機能癱瘓和經濟活動停止，在東北地方部份城市更遭受毀滅性破壞。該地震引起的一系列災害由日本政府統稱為「東日本大震災」，也是日本史上最大的天然災禍。

攝於宮城縣災區中的一間學校，後來生還的人回到學校留下「不會忘記 2011 年 3 月 11 日下午 2 小時 46 分發生的事」。
相片提供：◎沙米

Ken San 説他真的很想念港式奶茶，也嘗試自己在日本沖調來喝。

回香港最想做的事……

「我想吃荃灣亞玉原味豆花、蝦麵店清湯豬骨麵、北角古月古法滑雞飯加三色奶茶、villavilla 千層肉醬麵、銅鑼灣山旮旯炸豬手加黑椒蜜糖雞翼、長沙灣鄰居漢堡大菇漢堡、灣仔後街牛扒、味角玫瑰雞翼、Burgerhome 和牛菠蘿堡、旺角 lockeroom 蛋黃拼盤、筲箕灣壹碗壹碟椒積豬扒麵……」

—— Ken San

有些長輩會說「做咽行厭咽行」，Ken San 本身是旅遊記者，本身是負責日本線的採訪，經常去日本採訪，還去出了感情來。因為一次的訪問，他希望可以把更多關於東北的事情帶給香港人。他曾經到日本東北採訪，有機會親身訪問當地居民和餐廳，聽著他們親口說著 3.11 當日的故事，那種衝擊來得震撼，自此，Ken San 希望把日本東北的事讓香港人知道，並用正確的態度了解更多輻射災害，放下對東北的成見，因此，他決定出發到日本，先住在宇佐吸收經驗，一步一步走向他的目標。

相片提供：©Ken San

工作牽紅線 踏上「回鄉」之路

好多香港人都稱呼日本做「鄉下」，因為一年去幾次，回來後又會掛著掛著那裡的人和事。Ken San 一直從事旅遊記者工作，主力負責日本線，對好多人來說都是夢想中的工作。因為有得去日本飲飲食食，夫復何求。當然，旅遊記者有很多辛酸，不過，Ken San 從好多人來說都是夢想中的工作。因為有得去日本飲飲食食，夫復何求。當然，旅遊記者有很多辛酸，不過，Ken San 從事旅遊記者工作。

許是旅遊記者的一大滿足感。Ken San 從小就很喜歡日本，於是，Ken San 工作上接觸到好多鄉下人的人和事，慢慢感到有興趣，因此決定住在鄉源之地，當年日本朝廷也要每年前來祈求神明指引從政之道，加上其中著名景點宇佐神宮是日本起源之地，當年日本朝廷也要每年前來祈求神明指引從政之道，所以他去做鄉郊路線的採訪，這可是他喜歡的。

他很幸運，一來得到前老闆栽培，專門派他去做鄉郊路線的採訪，這可是他喜歡的。

工作；二來又得到他原來是「隔音」的問題。鄉下地方，要顧及生活費開支，又會掛著掛著那裡的人和事，最後當然是成功獲得這份工作。因此，Ken San 選擇了去大分縣的宇佐市，除了因為面試成功了，也許就只要說話稍為大聲一點，隔壁的房子都會聽到。所以，Ken San 來到宇佐，第一件事是要學會在家放輕一點，要重新習慣與香港不同的節奏，或者在駕車時才放聲唱歌。Ken San 對於宇佐的印象其實很不錯，他說：「宇佐人很有禮貌，而且地大人少，晚上可以清楚看到星星。」Ken San 表示就算大家互不認識，在街上碰到面都會打招呼，這是讓人很快便適應的事。香港人情太冷，或許一個招呼也覺得奢侈，連隨意看到星星都是妄想。

事，萬萬都想不到，來到日本之後，還有一件事要適應，就是一年做「鄉下」的日本，知道宇佐市的支持，鼓勵他去推廣工作題。鄉下地方，請外國人做推廣工作，鼓勵他去嘗試，最後當然是成功獲得這份工作。因此，Ken San 選擇了去大分縣的宇佐市。

城市很不一樣，房子不是用木造，就是用石膏造的，這些建材都不是隔音的。因此，人的照顧，所以有事都是親力親為。不過 Ken San 笑說，來到日本後有一件事很興奮的是：「有了日本地址，終於可以享受在旅行時買酒寄回家！」

來到日本之後，還有一件事要適應，就是要顧及生活費開支，不能像旅行一樣每天大吃大喝，也不能跟在香港一樣，會有家人的照顧，所以有事都是親力親為。

相片提供：©Ken San

平淡如水的職場生活
幫學生拍影片重拾勇氣

現在 Ken San 幫宇佐市擔任觀光推廣的工作，雖然職場生活只有短短的半年，但已經洞察到跟香港很不一樣。他說日本人做事很小心，如果對於把相同的事重複又重複著，了無新意。

激到外國人的目光，但保守的日本人，會擔心出錯要負責，這樣會讓年輕人失去了對工作的熱誠，不敢大膽嘗試，最終只能把相同的事重複又重達到預期的效果沒有很大的信心，他們寧願不做也不想問責，這樣往往失去了很多機會。有時有些大膽想法，就是因為日本宇佐工作的時候，適逢人有著這樣保守的個性，特別對於觀光宣傳、新的點子或許刺

雖然如此，但工作上也有一件事令 Ken San 非常難忘。Ken San 去肺炎疫情，在觀光推廣方面，算是一個艱難的時間，不過又讓

他碰上一件很有意義的事。那個時候因為疫情，宇佐的許多活動都停止了，特別對於學生，他們日常很多課外活動都取消了，連他們的表演活動也一樣終止。為了讓這些學生不要意志消沉，宇佐市便因此請來這些學生，在宣傳片來作一演出，好讓他們一直以來的努力可以發揮。不單可以實現到他們表演的理想，也可以協助自己成長的地方，把影片宣揚到全世界去。Ken San 說，希望藉這件事，

相片提供：©Ken San

可以讓他們重拾勇氣，希望日後可以繼續參與更多幫助年輕一代實現夢想的工作。

宇佐雖然是 Ken San 的中途站，他最終目標是東北，希望可以為東北做點事。去東北之前，在宇佐的經歷是為了讓他注入更多自信與經驗，他亦希望有一天在東北一帶住下來，成為他在日本定居之地。他笑言：「東北的溫泉、美食和酒實在是極品，住上一世也願。」

Ken San 推薦景點

北
北海道　宮崎　九州　福井　長野　秋田　岩手　宮城

相片提供：Ken San

相片提供：Ken San

相片提供：Ken San

1 東北宮城縣
石巻 石ノ森万画館

這裡是石之森章太郎的博物館，他是懷面超人（台譯：假面騎士）、再造人009（台譯：鋼骨009）等而聞名的著漫畫家。館內滿是各種有趣的裝置，如立體重現珍貴的原畫、石之森作品角色展覽、互動遊戲活動、上映原創動漫及圖書館等。此外，還舉行漫畫創作體驗等，大人小朋友都適合前來的地方。除了展館外，在從JR石卷站到石之森萬畫館的約一公里的主街上，點綴著20個石之森作品的動漫人物紀念物，被通稱為漫畫之路。就算不是懷面超人粉絲也覺得創作的歷史很偉大！這裡經歷過3.11當時水浸至3樓，所有人在圖書館避難時，捱著超人英雄的漫畫挺過去的故事很讓人感動。

地址：宮城縣石卷市中瀨 2-7
電話：0225-96-5055
時間：3月至11月：9am-6pm；12月至2月：
　　　9am-5pm；3月至11月：每月第3個星期二。
　　　12月至2月：逢星期二休息
網頁：www.mangattan.jp
交通：JR石卷站步行 12 分鐘

相片提供：Ken San

東北宮城縣
青葉城跡

2

在日本百大名城的名單中，青葉城是榜上有名的。青葉城位於仙台市，本名為「仙台城」，在1600年江戶時代，由戰國名將伊達政宗興建。這裡建在高地上，並有斷崖之色險，因此易守難攻。由於當時為了展現對德川幕府的忠誠（天守閣是日本城堡最具代表性又有指揮的功能），因而沒有跟其他城堡一樣建有天守閣。反來因為仙台廢藩置縣時拆除了本台城」，現只留下城跡。現時在遺址裡，建有宮城縣護國神社及仙台城見聞館，大家可以在內瞭解更多仙台城的歷史，有時還會有伊達武將隊表演。

地址：宮城縣仙台市青葉區川內1
電話：022-222-0218
網頁：http://honmarukaikan.com/index.html
交通：地下鐵東西線「国際センター駅」步行15分鐘。JR仙台站於「西口巴士站16號乘車處」，搭乘觀光巴士「るーぶる仙台」，於「仙台城跡」下車。

宮城縣護國神社。
相片提供：Ken San

3

東北宮城縣
小松館好風亭

這裡可以看到日出。

地址：宮城縣宮城郡松島町松島仙隨 35-2
電話：022-222-0218
網頁：www.new-komatsu.co.jp/index.html
交通：JR松島海岸站步行 15 分鐘

小松館好風亭是一間溫泉旅館，位於宮城縣松島那一帶，松島本身有「日本三大景」的美譽，來到這裡，可以白天到附近欣賞美景，傍晚便來到這裡泡溫泉住上一晚。

這裡部份房間裡，可以看到松島的海景，還有松島上的「福浦橋」，有時還剛好有松樹在窗外，相當詩情畫意。這裡的溫泉很特別，除了看到日出之外，足湯名為「月見台」，碰上月圓的日子，這裡可以看到皎潔的月色，當然，他們其他的溫泉一樣有機會看到月亮，邊賞月邊泡溫泉真的很少地方才可擁有。

相片提供：Ken San

110

湯治屋的外觀。◎大沢溫泉

4 東北岩手縣
花卷大沢溫泉

相片提供：Ken San

地址：岩手縣花卷市湯口字大沢181
電話：0198-23-2021
網頁：www.oosawaonsen.com
交通：花卷站及新花卷站（新幹線）
　　　有接送巴士

說起日本的溫泉，日本東北是數一數二溫質不錯的地區，來到東北怎麼都要泡一次溫泉。在岩手縣的花卷市，那裡的溫泉資源非常豐富，當中的大沢溫泉相當富特色。

這裡是一個已有千多年歷史的溫泉，但只有一家旅館在營運，當中分成了最高級的「山水閣」、古樸的「菊水館」和充滿庶民風情的「湯治屋」。這幾間風格各異的建築物分佈在山坡下河川的兩邊，各有各的所在地，自成一角。想體驗當地的湯治文化，推薦入住「湯治屋」，那裡還可以選擇自己烹煮自己的餐膳，因為這幢旅館是給當地人利用浸泡溫泉去醫治慢性病的地方，因此客人大多都會入住一段時間，所以建立了「湯治屋」來讓大家有個便宜簡便的宿泊。

相片提供：Ken San

東北秋田縣

田沢湖山のはちみつ屋

5

「山のはちみつ屋」是以主題的部份，則是以售賣茶點和飲料的地方，他們還有一個 pizza 工房。他們有自家的養蜂場，生產出多款不同的天然蜂蜜，大家可以在賣店內試吃各種蜂蜜。在小食店與 pizza 工房內，更可以吃到由蜂蜜製作的各種美食。

開在田澤湖東邊的公路旁，意思是開在山裡的蜂蜜屋，他們把屋子的外觀和招牌都弄成蜂巢的樣子，非常可愛。店舖分成兩個部份，用蜂巢做設計的地方，主要是售賣跟蜂蜜相關的產品，另一邊以紅色雙層巴

地址：秋田縣仙北市田沢湖生保內字石神 163-3
電話：0120-038-318
網頁：www.bee-skep.com
交通：JR 田澤湖站開車向北行約 5 公里，約 10 分鐘

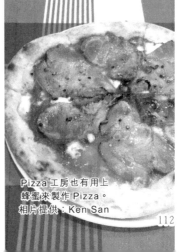

Pizza 工房也有用上
蜂蜜來製作 Pizza。
相片提供：Ken San

112

賣店內有各種蜂蜜水可以試食。
相片提供：Ken San

巴士裡設有座位，可以供大家吃小吃。
相片提供：Ken San

關東長野
上田城跡公園
6

真田幸村像。
相片提供：Ken San

地址：長野縣上田市二ノ丸 6263 番地イ
時間：公園 24 小時開放；展館有個別開放時間
網頁：https://nagano-ueda.gr.jp/uedajo
交通：JR 上田站步行 12 分鐘

1583 年建成、位於長野的上田城，也在「日本百名城」的名錄上，因為 2016 年一齣由堺雅人主演的大河劇《真田丸》，而變得更加知名。當時城主真田昌幸建成的上田城，曾因兩度擊退德川軍，而有「難攻不落之城」的美譽，因為當時在全日本的城堡中，只有上田城在兩次與德川軍戰役中，兩次都大獲全勝。戰爭過後，在 17 世紀時重建的已損毀的上田城，後來到了 19 世紀末期明治時代，因為廢藩置縣而再次拆除，今日所看到的是上田城跡。

公園內的真田神社。
相片提供：Ken San

7 北陸福井
敦賀金崎宮

每年4月舉行的「花換祭」。
相片提供：Ken San

地址：福井縣敦賀市金之崎町1-4
時間：24小時開放
網頁：http://kanegasakigu.jp/
交通：JR敦賀駅搭乘「敦賀周遊バス」
　　　約18分車程，於「金崎宮口」下
　　　車步行10分鐘

位於福井縣敦賀市的金崎宮，建於1890年，是一座很年輕的神宮。這裡位於金崎城舊址所在的山麓上，春天有數百棵染井吉野櫻盛開，是個有名的賞櫻名所。每年4月的時候，這裡會舉辦自櫻花與男女們在此相會的「花換祭」，來到的男女會在神社內購買一枝假花和場內的人交換，喻意互相交換幸福和祝福。

在還是金崎城的時代，戰國名將織田信長在此地從被夾擊的困境中逃出生天，故金崎宮被認為能帶來突破難關和開運招福的好兆頭，現在很多人來此祈求好運氣的到來。這裡也被稱為「戀愛宮」，作為締結姻緣和促成戀愛的靈力景點也很有名，近年來非常受女士們歡迎。

116

門司港除了有焗咖哩飯之外，Bee Honey 的蜂蜜雪糕也很好味。
相片提供：Ken San

北九州
門司港
8

Ken San 推薦景點

門司港是北九州、甚至是九州的一個很重要的據點，因為隔著關門海峽與本州，從關門人道可以直接走到本州下關市，成為來往本州跟九州的重要橋樑。除此以外，門司港在日本明治時代開始至大正時期，也是日本與中國、歐洲及亞洲等地方的重要通商貿易港口，因此這裡是和洋聚集之地，四周都有很多洋風的建築，亦得到日本政府努力保留，所以充滿懷舊氣氛。門司港車站在大正3年（1914年）興建，距今已有100年歷史，同時門司港站是九州最古老的車站。

門司港車站月台。

交通方式

1. JR 博多站乘 JR 山陽新幹線往小倉站，再轉乘 JR 鹿兒島本線到 JR 門司港站，全程約 40 分鐘

2. JR 博多站乘ソニック号往小倉站，再轉乘 JR 鹿兒島本線到 JR 門司港站，全程約 1 小時 2 分鐘

3. JR 博多站乘 JR 鹿兒島本線到 JR 門司港站。全程約 1 小時 32 分鐘，車費￥1470，約 1 小時 1 班

相片提供：© 沙米

9 九州宮崎 青島神社

青島神社的創建年份不詳，在國司巡視記「日向土」裡曾有「嵯峨天皇禦字奉宗青島大明神」的記載，由此看來，可能是從820年代以前開始被供奉的。在古時，整個青島都被視為神聖之地。江戶時代更是一般人都不可以進入島內。青島神社供奉的是神話中山幸的彥和他的妻子豐玉姬，他們的孫子便是日本第一位天皇——神武天皇，主要是祈求姻緣、安產和交通安全。現時看到的建築是在1974年重建的，因為當年2月給大火摧毀。

地址：宮崎市青島 2-13-1
電話：098-565-1262
時間：24 小時
交通：JR 青島站步行 10 分鐘 / JR 宮崎站乘往日南的巴士，於「青島神社」站下車
網頁：https://aoshima-jinja.jp/

Summer Festival 的時候很熱鬧。
相片提供：Ken San

AOSHIMA
BEACH PARK

Ken San：
夏天去的話在附近還有
summer festival 很多東西
吃，很多泳衣（喂）。

10

UPOPOY（民族共生象徵空間）

北海道

愛努民族是指日本列島北部周圍，尤其是北海道的原住民族，他們有著自己的歷史、語言和文化，和日本其他地區很不一樣。如今我們看到的地名，如札幌、小樽和釧路等，其實都是來源自愛努語。在北海道的

圖書館

白老郡，從前有許多介紹愛努族的村落，現在北海道的原住民，興建了一座包括國立愛努民族博物館，通過該設施讓訪客對愛努族有更深入的認識。除了館內一般常設展以及不定期舉行的特別展外，國立民族共生公園也非常值得參觀，園內的傳統Kotan（村落）區域中設置了5個原始房屋，重現了Cise群（房屋），讓入場人士體驗到愛努民族的傳統生活空間。在部份房子

內都有專人為大家介紹愛努族的文化，在園內的體驗交流大廳內，也有人表演傳統舞蹈或音樂，同時大家也可以從體驗館內也可以體驗學習傳統樂器演奏，很適合一家大小前來。

基本展示室

地址：北海道白老郡白老町若草町 2 丁目 3
時間：9am-6pm（夏天7月17日示8月29日及周六＆公眾假期 8pm關門）、9am-5pm（11月1日至翌年3月31日）；星期一及12月29日至1月3日休息。
門票：1200 日圓
交通：JR 白老站站步行 11 分鐘；Map Code: 545 194 852
網頁：https://ainu-upopoy.jp/tw/

飄洋過海來見妳，
自此妳的家鄉便成我家

Nickel

曾在香港任職文職工作的 Nickel，在一次到鹿兒
島的表演中結識了現在的太太。為了結束異地戀
之苦；2015年時毅然來到日本生活，從此定居在
鹿兒島。現時任職於指宿的白水館，專門負責市
場營銷的部份，平日裡愛好健行、游泳與攝影。

相片提供：Nickel

關鍵字解讀

#鹿兒島

位處於九州南端的鹿兒島縣，擁有溫和的宜人氣候、豐富的物產與及自然資源，更是天璋院篤姬的故鄉。

到鹿兒島遊玩，除了知名的地標櫻島火山外，這裡還盛產各種天然溫泉，知名如霧島溫泉鄉，以及擁有全國獨有熱砂浴的指宿，都是廣為人知的旅遊熱點，更別說成為世界遺產的屋久島，更是健行人士趨之若鶩的旅遊目的地。隨著2011年九州鹿兒島線全部開通後，從福岡去鹿兒島只需一小時20分鐘，交通非常方便。而且，鹿兒島還有豐富的特色美食，包括炸魚餅、黑豚、雞刺身、鰹魚、知覽茶與蕃薯燒酎等，食家們豈容錯過。

相片提供：©阿希

122

#白水館

相片提供：©阿希

白水館是Nickel任職的旅館，位處於熱砂蒸浴相當出名的指宿市。自1947年便開始營業，佔地達5萬坪，既是鹿兒島富代表性的溫泉旅館外，更是九州內數一數二的溫泉旅館。館內集溫泉、高級料理、熱砂浴、日出、海景、博物館於一身，簡直有如一個鹿兒島的縮影，即便整日留於館中也不怕無聊。而且，這裡的職員都非常親切友善，也有懂得英語的職員，服務非常貼心。

相片提供：©Nickel

#櫻島

櫻島是鹿兒島的熱門景點，是全球屈指可數的活火山，一向備受遊客推崇，第一次去鹿兒島的朋友絕對不容錯過。從鹿兒島港的南埠頭高速旅客terminal乘渡船往櫻島港口，只要15分鐘船程，便捷非常。若是想更近距離欣賞櫻島火山，可以選擇在櫻島旅客中心附近乘搭巴士至湯之平展望所。這個展望所與火山口的距離只差3公里，從展望台可以非常清晰地看見火山的地貌。

相片提供：©Nickel

回香港最想做的事……

「最想回港喝家裡的湯水，那是在日本永遠也買不回來、煮不到的回憶風味。」
— Nickel

相片提供：Nickel

皆因愛人就在此！

Kagoshima Asian
Youth Arts Festival

原來在香港從事文職工作的Nickel，偶爾還會兼職教游泳，閒時更會彈結他陶冶性情。只是，這樣的生活在某年到鹿兒島參加青年藝術祭後便產生了變化。那一年，他跟朋友參加了Kagoshima Asian Youth Arts Festival時，邂逅了當地出身的女朋友。之前，他仍在考慮要不要去其他國家如紐西蘭、澳洲等地工作與生活，但是在跟日本女朋友在一起後，便把目的地更改至日本，在2015年年末時便隻身來到鹿兒島生活。

皆因愛人就在此！所以非鹿兒島不可

現時仍然居住在鹿兒島的Nickel，問及當初為甚麼會選擇到這裡定居的時候，他毫不猶疑地笑著回應：「因為我太太就在這裡啊！」的確，伴侶家人在哪裡，家就在哪裡，更何況鹿兒島就是太太所珍重的家鄉。不過，他向來喜歡健行接近大自然，來到鹿兒島後更容易接觸到各種自然風光，平日可能後可能自駕約半小時便能登山健行，相當符合他的習慣與愛好。比如，之前他就曾踩單車到櫻島走走，花上約兩個小時，便能看到遼闊的火山與海岸美景，療癒非常。加上，這裡的居住環境既靜謐又舒適，人口密度也不算高，與繁華熱鬧的香港對比便相差甚遠了。

「在香港時感覺自己僅僅是生存，來到日本後才感受到自己在生活。」以前在香港時，一想到高昂的樓價，Nickel對結婚生子等事完全沒有憧憬，只有各種煩惱。然而，來到鹿兒島後發現樓價相對便宜，儘管在這邊只是普通的上班族，也能供得起樓房，即便生兒育女後也綽綽有餘，閒時還能跟家人一起去旅行。若是換在香港，他完全沒想到可以擁有現在這樣的愜意生活。

相片提供：Nickel

124

入職白水館
最難忘那片星羅棋佈的夢幻銀河

相片提供：Nickel

原來想找車行或出入口貿易工作的Nickel，在太太的建議下改為考慮入行旅遊業，才得以沒有跟白水館擦身而過。他現時負責白水館的市場營銷工作，閒時還會幫忙接待香港旅客及外國旅客，當中還包括外國知名的明星與演員，以及香港著名DJ與演藝名人等，都是相當有趣與難忘的經歷。有時候，還會

遇上交談甚歡的香港住客，他更會與之交換聯繫方式，下班時帶他們到當地地道的居酒屋小酌一番。

只是，真要說到他至今仍深刻記得的難忘回憶，就要回溯到住在指宿白水館的員工宿舍時的歲月。那時候，坐在房間內就可以輕鬆眺望海岸景致。白天時看海，黑夜時僅用肉眼便可仰望整片銀河，看著繁星點點的夜空，不禁讓他陶醉了，除了對大自然的讚嘆與感動外，亦同時更深愛這片驚喜處處的土地了。尤其，Nickel平日裡就很喜歡攝影，以前在香港時便已喜愛觀星與拍攝繁星，來到光害沒有香港嚴重的日本時，又怎能不被其星河美景折服呢？

日語能力持續提升
鹿兒島方言亦要學習

相片提供：Nickel

雖然Nickel在香港時也在學校學習過日語，但是還是以自學為主。來到日本以後，才發現時，他們的話語裡都會滲雜不少的鹿兒島方言，大抵也只有三四成可以套用於生活之中，剩下的七成都無握，更何況是他呢？所以他更需要盡快學習方言與新詞，才能加快融入這個他與家人都熱愛的地方。

為甚麼說方言也要呢？Nickel坦言，平日裡在跟年長的前輩交談書上所學的語法和生法與生活用語接軌。文法變化不大，但是慣用新詞與流行用語日生月異，很多詞語與語句都要重新學習，就連方言亦然。

一波又一波的文化衝擊
各種小挑戰與開心大發現

來到鹿兒島生活後，Nickel才發現這裡有太多的他意想不到的文化衝擊，全都是從前在旅遊時絲毫不會察覺與遇到的事項。

最早發現的是，日本人在車上是不能打電話的，在街上也不可以大聲說話與喧嘩，這跟香港人的習慣完全不一樣。雖然他多少少從《菊與刀》一書中了解過日本較深層的文化習慣，只是沒想到在現今社會上仍然存在。而且，以前到日本旅行時，他就覺得街道上、室內外的場所都很乾淨整齊，沒想到只是門面功夫而已，真生活面對的，是各種遇上在這裡時便容易遇上各種問題。比如分類，每天都要按不同的分類來清理垃圾，而且垃圾的收集日還有不同的安排，不是說今

天想丟掉就會有人來回收。

在說話對談方面亦然，他笑說要分辨日本人所說的「本音（真心話）」與「建前（表面的話）」的確不容易。或許是因為日本人從小就受到教育，在人前坦言自己的真實情感與意圖很容易被當成幼稚與不成熟的行為來表現，以致於有很多日本人都不會直接說出自己的真心話，而「建前」便是用來形容那些能夠避免言語衝突的話語。很多時候，他都要猜測對方有沒有語帶相關或是話中有話，就像是現時流行的用語「閱讀空氣」，要思考清楚他們婉轉表達的程度與真正意思。雖然很花費心神，但

無奈這是日本人從小便有的文化習慣，他只能融入接納並從中學習了解，以正面思維來面對。

一波又一波的文化衝擊

相片提供：Nickel

126

Nickel 推薦景點

熊本
兵庫
滋賀
下關
鹿兒島
宮崎
岡山
屋久島

相片提供：© 阿希

相片提供：Nickel

宛如秘境的延綿山色

1 熊本阿蘇大觀峰

向來自然資源豐富的熊本縣，除了著名的阿蘇火山外，還有另一邊的大觀峰，也是擁有絢麗視野的人氣景點。從阿蘇車站到大觀峰只要 20 分鐘的車程，若是選擇從黑川溫泉出發的話，則需時 50 分鐘車程，也算是交通便捷。

大觀峰位處於熊本縣阿蘇市境內，是阿蘇北側外輪山的最高峰，從展望台上更可以把阿蘇五岳與九重山脈的壯麗景致盡收眼底，天氣晴朗時更有機會欣賞到神秘夢幻的雲海。據當地人說，每當遇有煩惱時，只要來大觀峰俯瞰眼前美麗山色，煩惱自然而然便會消散，心情也能瞬間變好。

地址：熊本縣阿蘇市山田 2090-8
交通：從 JR 阿蘇站乘搭巴士約 20 分鐘
網頁：https://kumamoto.guide/tw/spots/detail/211

相片提供：Nickel

相片提供：Nickel

日本最早的世界遺產
2 姬路城

位於日本近畿地方西部的姬路市，是神戶市內第二大的城市，雖然在景點上不如大阪市區的多，但是「姬路城」卻仍然是讓旅客神往的地方。姬路城是日本四大國寶級古城之一，與犬山城、彥根城和松本城齊名，歷史非常悠久且地位不凡。據說，在日本雜誌《歷史街道》於早年所做的「日本必遊的日本名城」調查中，姬路城便列前茅，獲選為日本第一名城。

建於1346年的姬路城，是日本保留得頗為完整的城堡，已擁有600多年的歷史，更於1993年就被列入世界文化財產的名單之中，尤為珍貴。最初，這座古老的城池是由赤松貞範於14世紀中葉

時所建造；及至16世紀時，武將豐臣秀吉更決定建造天守閣，雖然在建築的形態尤其優美典雅，恍如一隻正在展翅的白鷺，故又有人稱其為「白鷺城」。

地址：姬路市本町68番地
時間：9月1日-翌年4月26日（星期一至日）9am-5pm；
　　　4月27日-8月31日（星期一至日）9am-6pm
交通：從山陽電鐵「山陽姬路站」或 JR 姬路站出發，
　　　走約10分鐘
網站：www.himejicastle.jp/cn_han/
費用：成人1000日元、學生300日元

相片提供：Nickel

相片提供：◎阿希

繞湖一周的寫意單車之旅

3 滋賀 琵琶湖

相片提供：◎阿希

地址：滋賀縣大津市打出濱
交通：JR 大津站走約 15 分鐘
網站：https://biwaichi-cycling.com/en/

相片提供：◎阿希

滋賀縣的琵琶湖是日本最大的淡水湖，早在400萬年前便已形成，面積達670平方公里，幾乎佔了滋賀縣六分之一的面積。人們一向都稱其為「母親湖」，因為它支撐著京都、大阪、神戶與滋賀市民的生活與產業發展，歷史悠久且地位非常重要。Nickel 還推薦大家可以選擇踩單車環繞琵琶湖一圈，看

盡琵琶湖各隅的時令美態。琵琶湖附近便已設有很多家單車租店，包括在 JR 米原站也有，當中甚至連兒童單車亦有提供，即便是親子出遊也能享受樂趣。旅客除了可選擇踩單車遊湖外，還可以選擇各種水上活動，例如人氣的遊覽船和直立板瑜伽等，也是琵琶湖的另類遊玩方式。

©山口縣

海鮮控與吃貨必攻之地

4 下關 唐戶市場

©山口縣

地址：下關市唐戶町 5-50
時間：5am-3pm、週日與假日 8am-3pm
交通：從 SANDEN 交通「唐戶」巴士站
　　　走約 3 分鐘即達
網站：www.karatoichiba.com

若是到訪唐戶市場，記得一定要選在假日前往，因為在平日裡市場只會售賣漁民當日捕獲的漁獲，儼如一個普通的魚市場。

但是，只要在星期五至日及假期前往場內，就能看見琳瑯滿目的海鮮美食，包括刺身、壽司及河豚料理等等。不少人會把這裡稱作「河豚天堂」，皆因當地一帶盛產河豚，場內亦不乏售賣河豚

刺身與相關美食的餐廳小店，喜愛河豚料理的朋友絕對不容錯過。而且市場一樓更會化身成海鮮主題的屋台街，售賣各種口味的鮮美壽司、刺身、海鮮丼等等，大多價格親民，最便宜的一碟才 100 日元就有交易，CP 值非常高呢！樓下巷內還有很多售賣下關土產與美食的商店，大家不妨在此選購手信回去呢！

©山口縣

下關市地方卸売市場
活きいき 唐戶市場

唐戶市場

5

南九州最大神宮＆霧島標誌
霧島神宮

相片提供：◎沙米

若說到鹿兒島縣霧島市的標誌性景點，便一定會提及「霧島神宮」，那可是南九州最大的神宮，亦是霧島市市民的信仰中心。

霧島神宮內供奉著「瓊瓊杵尊」，是日本傳說中的開國之神，地位不凡。

據說，霧島神宮原來是位處於高千穗峰，及後在火山爆發及遭到多次火災的摧毀之下，

於1484年遷移到現址。

從神宮外面數起，合共有三個代表進入神域的大鳥居，當中位處最外面的鳥居更是西日本中最大的鳥居。在神宮的手水舍旁亦植有一棵巨大杉樹，其樹齡已逾700年，尤如神樹般的存在。每逢新年，很多當地人與九州各地的居民會專誠來這裡參拜，祈求來年平安順利，場面非常熱鬧。

相片提供：◎沙米

在霧島神宮站旁能找到免費的足湯，旅人們在等待巴士時可以泡泡腳，乘機放鬆身心。
相片提供：◎沙米

地址：鹿兒島縣霧島市霧島田口 2608-5
電話：0995-57-0001
交通：JR鹿兒島中央站乘特急きりしま宮崎行，
　　　下車後於車站前轉乘公車「霧島いわさ
　　　きホテル行」，於「霧島神宮前」下車，
　　　步行1分鐘；公車班次不頻密，乘計程
　　　車約 1500 日幣
網頁：www.kirishimajingu.or.jp

不用到復活島也能看見巨石像！

6 宮崎 日南海岸

©宮崎縣

©JNTO

日南海岸位處於宮崎南部一帶，從青島到都井岬約達100公里，是日本最南端的裏亞式海岸。日南擁有很多著名的自然美景，包括人氣度十足的「鬼之洗濯板」，還有屹立在崖邊與洞窟中的「鵜戶神宮」，堪稱擁有宮崎最壯麗的風光，吸引著眾多旅客前往一睹其風采。沿著海岸一走，不難發現各種棕櫚和木槿等植物，一路上滿溢亞熱帶的氛圍，非常適合自駕遊的人士。

交通：從宮崎市自駕走220號公路往南行駛，車程約1小時。或從宮崎站乘搭往志布志的日南線電車亦可到達

網站：www.kankou-nichinan.jp/english/

©JNTO

垂柳依依的恬靜河川小鎮

7 倉敷

相片提供：◎沙米

相片提供：◎沙米

昔日屬於「備中國地區」一部份的倉敷美觀地區，擁有獨特的白壁土藏與古民宅，是日本重要傳統建造物群保存地區，古色古香的街景風情，深受國外旅客喜愛。自1600年代，這裡便作

為運送物資與米糧的集散地，與往日繁榮熱鬧的風貌不同，現在的倉敷美觀地區更添恬靜的氛圍。沿途盡是小河川、小橋、邸、倉庫與洋房，在有百年歷史的古老宅的襯托下，街上每隔小橋流水與晴朗天空的美，都隱藏著不同的若跫巧遇上3月櫻花盛開的季節到訪，相信眼前景致定必加倍

而成的，只為安撫明治天皇時代嫁入倉敷豪門的公主的思鄉情懷。現時兩岸盡是擁韻情懷，讓人記憶深刻。

只是，沒想到如此詩情畫意的街道，卻是仿照江戶的街道改建醉人。

地址：岡山縣倉敷市本町、中央、東町、阿知、鶴形等

交通：從 JR 倉敷站走約 15 分鐘

網站：www.okayama-japan.jp/tw/spot/886

相片提供：Nickel

相片提供：◎沙米

相片提供：◎阿希

8 行山人士與自然愛好者的天堂 屋久島

隸屬於鹿兒島的屋久島，是行山人士喜愛的島，是行山人士喜愛的健行天堂，從鹿兒島乘搭高速船前往只需一個多小時便能到達，若是選擇飛機前往更快至 30 分鐘便可到達，非常適合日歸或 2 日一夜的旅行安排。島上的自然景觀十分豐富，光是島上五分一的面積便已獲聯合國教科文組織登錄為「世界自然遺產」，每年都吸引到眾多登山人士或自然愛好者的到訪，純樸自在的生活步調也讓人嚮往。

水峽」並未列在世遺的範圍之內，但聲名還是大噪，全因宮崎駿的動畫《幽靈公主》取景之初有參考當地環境而作畫，所以亦招待不少動漫朝聖者。屋久島上全年多雨，空氣濕度很高，所以苔類植物更容易生長，以致於石上與裂縫中皆青苔處處，有不少攝影愛好者便是為此而來，只為拍得一幅自然美照。

谷

相片提供：◎阿希

相片提供：◎阿希

交通：前往屋久島常用的方法有兩個，大家可以利用高速船從鹿兒島市中心前往，航行時間大約 1 小時 50 分，又或者利用飛機從鹿兒島機場或福岡機場前往，時間為 30 至 60 分鐘

網站：www.kagoshima-kankou.com/tw/areaguide/yakushima/top/

實用資料

日本工作簽證

日本租屋

在日本考取車牌

申請日本工作簽證注意事項

出入国在留管理庁：www.moj.go.jp/isa/index.html

申請日本工作簽證

日本工作簽證必須有當地公司聘請，但並不是甚麼工作聘請你都可以申請簽證。日本的工作簽證叫「就勞簽證（就勞ビザ）」，申請簽證時，工作內容必須是符合自己本身的專業，例如日文系畢業的話，日本的工作就必須與日文、外文或翻譯有關，如果你沒有日文專業也沒在日本留學過的話申請工作簽證可能會被入國管理局拒絕。同時也不是甚麼工作都可以申請工作簽證，一些不需要特殊專業的工作便比較困難。

如果你在居住地獲得日本公司聘請，該公司會為你辦理手續，因為在入境前要先提交「在留資格認定證明書交付申請」，這份文件處理時間約為3個月。有了這份文件之後，便可以到你居住地的日本大使館或總領事館申請簽證，但並非「在留資格」，但當你提著這簽證抵達日本入境時，便要接受入境審查，之後便可以當場即時取得「在留資格」與「在留期間」（即可在留的時期），一般翌日你便可以開始工作。

現時直至2020年10月為止，這類「在留資格」總共有17種，常見的有為白領而設的「技術・國際業務・人文知識」及為高技術人才而設的「高度人才」。

如果你是留學生而需要留日工作，那麼辦理整個過程的審查時間約為1-2個月。

以下為申請工作簽證一般所需的文件：
（以下內容一切根據日本「出入国在留管理庁」最新公佈為準）

申請者需要的文件	公司需要的文件
護照及日本出入境證明	法人登記事項證明書－須申請前三個月內發行
在留卡	僱用契約書影本－需要詳細標明僱用工作內容，工作時間、地點與薪資等資料。
在留資格變更許可書	公司結算報告影印本－近一年的年度決算，新設立公司須提供未來一年事業計劃書。
申請理由書	法定調查書合計表影印本－這是公司向稅務署繳交之文件，須確認含稅務署受付印。
履歷書	公司介紹－僱用企業提供公司的介紹手冊或檔案等書面資料，包括公司名稱、地址、電話、沿革、資本、組織、職員人數、外國職員人數、年銷售額、事業內容等。
證件相片一張（4cm x3cm，背景為白色，且3個月內拍攝）	僱用理由書
日本語能力試驗合格證明書（如果你有N1或N2資格，也是驗證你有足夠日語能力的方法，但非必要）	
畢業證書或預定畢業證書 （留學生）	
成績表（上面有標註選修課程）（留學生）	

過來人的真 如何申請日港工作假期的

實體驗 計劃

回想當初申請 Working Holiday 的點滴，那時候是親身到香港日本領事館遞交申請表及相關文件，然後等待數月便會公佈結果。當時，官方並不會公佈申請人成功或失敗的原因，所以頭兩次的失望，Erica 也不知道到底是哪裡出錯。她記得在這三次的申請中，感覺官方比較著重申請人的理由書、年齡和存款證明這三部份，記憶中她所遞交的文件並沒有多大改動，估計官方可能還是比較著重考量申請人的年齡，似乎是年齡愈接觸 27 至 30 歲的會較容易申請成功。當然，日語能力若能到達 N2 或以上的話，機率也會大大提升。

工作假期計劃是為了對符合一定條件之在香港居住的青少年，提供認識日本文化及日常生活方式的機會，在最長一年的期間內，在日本進行度假活動與及為補旅行度假活動所認可從事工作活動的計劃。

以 2020 年為例，赴日工作假期簽證（VISA）接受申請分為 4 月（第一期）及 10 月（第二期）兩期，並各發出 750 個簽證（VISA）。而申請人須親自攜帶所須文件，直接於日本簽證申請中心提交申請。

所須文件：

1. 赴日簽證申請表（指定表格）

2. 護照（影印本）

3. 理由書（正本）

4. 履歷書（正本）（指定表格）

5. 香港永久性居民身份證（影印本）

6. 在學證明書或最終學歷證明文件（影印本）

7. 證明持有足以購買回程機票的款項及足夠維持在日本逗留初期之生活所需費用的資料

8. 其他自我推薦之資料（影印本）

網站：www.hk.emb-japan.go.jp/itpr_zh/working_holiday.html

申請指南：www.hk.emb-japan.go.jp/files/000554359.pdf

日本租屋注意事項

無論你是打工、工作假期或是留學，你必須要一個地址來申請各種證件，基本上你到日本入境時，便需要你填上一個地址，因此在出發前，先要找好你到達日本初期的一個落腳點。大家可以先投宿酒店或者 guest house，好讓自己有點時間在日本租屋，因為房子始終要看實物比較好。現在有些公司在東京和大阪這兩個大城市，有提供給工作假期或留學生的合租房屋（shared apartment）。大家可以輕易從網上找到，這些地方房租不貴，可以先讓你短住一些時間。

第一次租屋究竟要花多少錢？

日本第一次租屋，需要支付一大堆費用，包括敷金、禮金、仲介費等費用，依據地區也有少許分別，全部加起來大概為 4~6 個月的房租總和。例如若房租為 8 萬日圓，那麼初期費用大概會花上 32 萬~48 萬日圓，真的是一筆不小的負擔。所以出發到日本前，記得要儲好一筆足夠的付租金的費用。

禮金

這是日本從二戰後流傳下來的不成文規矩，感謝房東把房子租給你，需要支付一筆謝禮，約為 1~2 個月的房租，這不同於按金，是不能取回的。當然也有不需要支付禮金的時候，通常過了日本搬家尖峰期（2月~4月）後，有些房東會為了趕緊將剩餘的房子出租出去而降價或選擇不收禮金。

仲介費

若請地產仲介幫忙找「租盤」的話，大部分都會收取一筆仲介費，約為一個月的租金。

保證人費用

在日本租屋的外國人需要找日本人當連帶保證人（擔保人），房東才會願意把房子租給你，這樣對於外國人來說是相當麻煩。若在日本真的沒有認識的人的話，可以找保證人公司的服務。現在大部分都是要求保證公司（管理公司指定），而保證公司費用約 50%~120% 租金，這裡又是一筆額外費用。保證人公司可以由自己找，但找到後同樣也要通過保證公司審查。

第一個月的租金

敷金

即按金，約為 1~2 個月的租金。在退房後扣掉清潔費、修繕費後會將剩餘部分返還，不過能退的數目很有限。

火災保險

日本租房時規定必須加入火災保險，約兩萬日圓左右。（通常為兩年合約，合約更新時需要再繳交一次）

換鎖費用

為了安全起見，第一次入住時房屋都會更換新鎖，費用由承租人負擔，約為一萬到2萬日圓左右。

更新費用

另外，日本的房屋租期多為兩年，兩年後若要續租，則必須再繳交更新費用，依地區與房型不同，約為一個月的租金。

租屋所需要的文件

一般租客透過仲介提交租約申請後，需要經過租約的審查，審查通過才算是租約成立。審查需要準備的資料包括：在留卡、在日本的公司或是郵局帳戶、日本的手機號碼。所以到日本後，記得快點到銀行或是郵局開戶，並辦好手機號碼後，才能提出租屋申請。因此為什麼一開始便提大家，先暫且住shared apartment或guest house，這樣可以有地址開銀行戶口及開電話號碼。

apartment

mansion

日本的房型

公寓 アパート：

「アパート」即是apartment，多為兩層樓、非鋼筋水泥土造的共同住宅，沒有管理員，也沒有公共設施，隔音、耐震度及安全性也較差，但是租金相對便宜。

公寓大樓 マンション：

「マンション」即是mansion，比較現代的大樓，多為三層樓以上的鋼筋水泥的建築，大多有管理員及大門鎖，所以安全性較アパート高，租金也相對較高，如果一個女生也比較建議考慮這種房子。

賃家：
指整棟出租的房屋。

另外房屋的配置，日本也有特殊的表示方法，跟香港不太一樣，在租屋網或地產都會常常看到「2LDK」、「2DK」的字眼，究竟代表什麼？

L：
客廳，Living Room。

D：
飯廳，Dining Room。

K：
廚房，Kitchen。

1R：
套房，R 代表 Room，是類似 Studio Flat，廚房、客廳和臥室之間是沒有隔開。

WC：
廁所，日本人比較喜歡浴室跟廁所分開，如果有特別表示 WC，便是廁所和浴室不是一體。

CL：
衣櫃 Closet，部份房子會有入牆衣櫃包括在屋內。

洋室：
西式房間，有些房子是用和式榻榻米的。

前面的數字則是指房間總數，所以 2LDK，就表示房間的配置有 2 個房間，客廳、飯廳、廚房各一間；2DK 表示 2 間房間，一飯廳一廚房的意思。

在日本考取車牌

如果你從香港移居到日本，香港車牌是不能直接換成日本車牌，申請人需要再次考試及筆試。申請人要帶同護照、在留卡、2.4cmX3cm證件相、3個月內有效的「住民票」、香港駕駛執照、香港駕駛執照的日文翻譯本（大使館，領事館或JAF日本自動車連盟作成的文件）、能證明申請人在考取香港車牌後在香港居住3個月以上的證明文件及申請費用2550日圓。

筆試內容

10條 True or False 的問題，有10分鐘時間作答，可選擇用中文或英文的翻譯試卷，答對7題以上便合格。批閱試卷約30-45分鐘，即日可知結果。合格的話，會即場進行視力與色弱測試。

JAF 日本自動車連盟官網外國車牌轉換須知及翻譯文件手續
http://www.jaf.or.jp/inter/translation/index.htm

方法

日本考車牌大致有兩個方法：公認（指定）及非公認（屆出）。

至於「合宿」便是搬到學校的宿舍住，日文叫「免許合宿」。此時你需要天天上課，畢業後才可以回家。這樣的方式大概兩星期便可以取得車牌，一般學費連住宿大概最便宜20萬日圓，並包括三餐，而往返學校亦有交通費津貼。

「公認」

在日本政府指定的免除技能試學校學車，如果在公認的駕駛學校畢業的話，到地方的警察局考試時便可以免除路試，你只需要考筆試便可，因為畢業試相當於路試了。

而公認的駕駛學校又分為「通學」和「合宿」兩種。「通學」是每一日到學校上課，「通學」是一天，而且時間比較自由，可以配合到自己的時間，有空的話你可以選擇天天去上課，可以選擇天天上課，要上班的話，可以選擇星期六才去上一天，學費約30萬日圓左右，到校上課的交通也要自己支付。

公認合宿教習所：
http://www.untenmenkyo.net/lodge/school/

*就算你不是日本居民，一樣可以在日本考車牌，然後回港把學校，你只是去上課學習駕駛，學好後便日本車牌轉回香港。

有些公認合宿教習所有提供中文及英文教科書，亦可以透過中文及英文答題，但上課仍是以日語授課，少部份有提供中文或英語導師。

這種算是私人的駕駛處當然是學費便宜，好要自己去自己住所附近的警察局考試。

通常逐堂收費，時間非常靈活。不過許多費用都要自費，例如：考試費、手續費、往來學校的車費等。加上考官是交通警察，所以考試也更嚴格，日本交通部做過調查，以這種方法考1次便合格的學生只有2%！

「非公認」

在日本考取車牌